Super E

Dello stesso autore nel catalogo Einaudi
Un calcio in bocca fa miracoli

Marco Presta
Il paradosso terrestre

Einaudi

© 2012 Giulio Einaudi editore s.p.a., Torino
www.einaudi.it

ISBN 978-88-06-21122-6

Il paradosso terrestre

A Martina, Caterina e Giacomo

Non volevo offendere nessuno

Gli otto lampioni da giardino non erano uguali, c'era poco da fare.

Sette avevano la sfera di vetro di uguale dimensione, mentre l'ultimo ce l'aveva decisamente, inconfutabilmente e, soprattutto, vistosamente piú piccola. Anche un cieco se ne sarebbe accorto, anzi, un non vedente, come avrebbe detto Antonio, che al linguaggio ci badava molto perché non voleva offendere nessuno.

Cosí tornò al negozio di elettrodomestici dei Ferrara, commercianti che avevano aderito con entusiasmo a una corrente di pensiero abbastanza diffusa tra i bottegai, secondo cui la bravura della categoria consiste nel riuscire a vendere e non nel soddisfare il cliente.

In sostanza, la legge della giungla con l'aggiunta dello scontrino fiscale.

Antonio, dopo aver guardato con inspiegabile odio un ventilatore in saldo, si avvicinò portando l'imballaggio del lampione reietto al bancone dove un commesso, benché lo avesse visto nitidamente, continuava a far finta di nulla.

Antonio gli domandò se si ricordava di lui, che il giorno prima aveva comprato dei lampioni da giardino: ebbene, uno era piú piccolo degli altri e non andava bene. Voleva cambiarlo.

Il commesso, che per principio si sarebbe rifiutato di riconoscerlo anche se si fosse trattato del presidente della Repubblica scortato dai corazzieri a cavallo, rispose che di quei lampioni non ne avevano piú, neanche in magazzino. Quindi, la sostituzione era impossibile.

L'obiettivo del venditore era chiaro, lineare: togliersi quel rompicoglioni da davanti nel minor tempo possibile. Ma la rimozione di Antonio dalla zona antistante il bancone era un'operazione molto piú difficile di quanto si potesse immaginare.

Il cliente voleva sapere perché gli avessero venduto un lampione diverso dagli altri. Il dipendente dell'Elettrodomestici rispose che, probabilmente, chi lo aveva servito pensava che fosse lui a volerne uno diverso, magari per metterlo in un punto particolare del giardino, vicino al casotto degli attrezzi o al barbecue. Non era cosí, incalzò Antonio, altrimenti lo avrebbe chiesto esplicitamente. Allora il commesso disse qualcosa che non avrebbe mai dovuto dire: toccava a lui, al cliente, stare attento.

Antonio ebbe l'istinto di strapparsi le vesti come Caifa nel Sinedrio, poi dichiarò di voler parlare con il proprietario.

Il signor Marco Ferrara arrivò flemmatico, esibendo uno stupore che neanche Biancaneve avrebbe ostentato di fronte a un'improvvisa erezione di Pisolo.

In un primo momento pretese, con tono brusco, delle immediate spiegazioni dal commesso, recitando il ruolo del negoziante che antepone i lampioni dei clienti alla propria stessa vita.

L'impiegato, per niente intimidito, espose il proprio punto di vista con tono freddo, impersonale, quasi fosse l'ultimo modello di robot dell'industria «Sticazzi».

Proprietario e dipendente erano della stessa pasta e, nel corso del breve resoconto, fu come se il primo ascoltasse parlare se stesso dieci anni prima.

A quel punto Ferrara si voltò verso il cliente con un'espressione meno comprensiva: noi abbiamo fatto il nostro dovere, la merce venduta non si cambia.

Antonio, aggrappato all'imballaggio, con il cuore che andava come una browning antiaerea, replicò che il loro comportamento era scorretto, espressione che gli permetteva di non mancare di rispetto a nessuno e di rimanere in partita, pur non utilizzando la frase titolare, cioè «siete degli autentici stronzi».

Il signor Ferrara allora virò verso la soluzione diplomatica, il piano B che usava con i clienti che, con l'irritante scusa dei diritti, si frapponevano tra lui e l'incasso: se Antonio restituiva il lampione nano, avrebbe avuto in cambio un buono di uguale importo da spendere nei prossimi sei mesi in quello stesso negozio. Una promessa vaga di felicità futura. Ma Antonio, che in quel negozio non avrebbe piú voluto mettere piede neanche per salvare l'anima sua, rispose che desiderava semplicemente avere indietro i suoi soldi.

Ferrara disse che era una cosa assolutamente impossibile e calcò sull'avverbio. Lo scontrino era già stato emesso, un'azione estrema e irrevocabile, un punto di non ritorno nell'esistenza di un commerciante. A tutto si può porre rimedio, a ponti crollati e a cuori infranti, ma quando lo scontrino è stato emesso non c'è piú niente da fare: al fato, come al registratore di cassa, non ci si può opporre.

Antonio fece notare, con la bocca ormai completamente desertificata, che lo scontrino si poteva annullare e Ferrara reagí come un parroco di campagna che sente bestemmiare un ragazzino: si scandalizzò e lo rimproverò.

Il cliente uscí senza aggiungere nulla, anche perché ci sono dei momenti nella vita in cui, se proprio non vuoi offendere nessuno, non ti rimane niente da dire.

Il giorno seguente un avvocato dell'associazione consumatori telefonò al negozio di Ferrara il quale, dopo aver incassato per tre o quattro minuti una spiegazione dettagliata del «diritto di recesso» doppiata dal «codice etico dell'esercente», uscí dalle corde dicendo che non lo sapeva neppure il cliente quello che voleva, che anche la pazienza ha un limite e, con un'uscita degna del padre di Alfredo nella *Traviata*, se Antonio rivoleva indietro quei due euro era pronto a restituirglieli come elemosina.

Il giorno dopo ancora, la Confcommercio cui Ferrara si rivolse contattò l'associazione dei consumatori, protestando vibratamente per il trattamento riservato al suo iscritto, una persona perbene che con i suoi climatizzatori aveva salvato le vite di tanti anziani in città.

Seguirono due giorni di tregua, quarantotto ore in cui la faccenda avrebbe potuto sgonfiarsi e morire lí. Invece, alle ore nove del quarto giorno, Antonio si presentò all'apertura dell'Elettrodomestici Ferrara accompagnato dal cugino Enrico, l'unico della famiglia a superare in altezza il metro e settantacinque: oltre a considerarlo un energumeno, vista la media fisica del casato, Antonio stimava Enrico anche un ottimo elettricista che, con la sua competenza, avrebbe saputo ribattere colpo su colpo al fumoso linguaggio tecnico dei nemici.

Il commerciante interpretò immediatamente la presenza di quel cugino corazzato come una minaccia: dalle parole si passò presto alle grida, ci fu qualche spintone e dovette intervenire un vigile urbano per separare i contendenti.

Il giorno che seguí, la comunità ebraica, cui apparteneva il commesso di Ferrara, presentò un esposto ai carabinieri, raccontando la piccola bagarre accaduta davanti al negozio come un atto d'intolleranza razziale. Per tutta risposta, Antonio si piazzò davanti all'Elettrodomestici con un cartello sul torace recante la scritta «In questo negozio non si ha nessun rispetto per i clienti», una frase che, dopo piú di due ore di riflessione, gli era parsa incisiva ma non offensiva.

Alcuni signori ben vestiti, dai tratti orientali, si fermarono per esprimere la loro solidarietà a quello strano uomo sandwich: erano impiegati dell'ambasciata siriana situata all'altro lato della strada, cui Ferrara aveva venduto uno stock di stampanti difettose e un ventilatore del tutto inadeguato a rinfrescare locali di ampia metratura.

Mentre il gruppetto parlava sopraggiunsero gli amici del commesso e tra le due fazioni si accese una piccola mischia, volò qualche manrovescio e venne fatto a pezzi il cartello di Antonio. La polizia intervenne e la cronaca locale gonfiò l'accaduto scrivendo di «preoccupanti scintille di tensione nel cuore della nostra città».

L'ambasciata siriana inviò una lettera di protesta al Comune e il sindaco ne approfittò per presentare la sua raccolta di racconti *Noi, voi* sull'importanza della società multietnica.

Insoddisfatti, i siriani quella notte ruppero le vetrine dell'Elettrodomestici, mentre Antonio scriveva una lettera piccata ma non offensiva a un importante quotidiano nazionale, che la pubblicò di spalla in prima pagina, accompagnata dal commento in corsivo di un sociologo che spiegava come l'infelicità piú profonda nell'uomo contemporaneo nasca sempre dalla «scontentezza oggettivabile nel minimalismo».

Antonio, come gli altri cinquecentosessantatremila italiani che lessero quell'articolo, non capí cosa il sociologo volesse dire, ma si sentí molto confortato.

Intanto, l'azienda americana produttrice dei lampioni da giardino, una delle tante proprietà della famiglia del presidente degli Stati Uniti, vedendosi citata nella lettera di Antonio e sentendosi messa in cattiva luce – cosa che per un'azienda leader nel settore dell'illuminazione è intollerabile – pretese che il quotidiano specificasse la sua totale estraneità all'incresciosa vicenda e l'inconfutabile qualità dei prodotti in questione.

Il nostro presidente del Consiglio telefonò al suo amico di Washington scusandosi per l'accaduto, di cui era responsabile, come avevano scoperto i servizi segreti, un amico dei siriani.

In quello stesso momento una tv araba, nella sua rassegna stampa internazionale, citò l'articolo del giornale italiano e alcuni suoi telespettatori a Damasco, appresa la nazionalità di quei lampioni e appurato che il consolato britannico ne aveva di fronte dodici della stessa marca, corsero a distruggerli a sassate per protestare contro la prepotenza dell'America, arrogante faro del mondo e insopportabile lampione da giardino. Una pietra, scagliata dal dodicenne Kamal, colpí alla testa un giovane diplomatico inglese, nipote del viceministro degli Esteri.

Quella sera, le televisioni riferirono di un attacco a una sede diplomatica del Regno Unito e il segretario di Stato americano, parlando in Oklahoma, disse che gli Stati Uniti erano pronti a colpire con durezza chiunque avesse minacciato l'Occidente democratico.

L'Inghilterra inviò nuove truppe speciali antiterrorismo per proteggere le proprie ambasciate nei Paesi musulmani e questo scatenò la reazione degli integralisti che organizzarono attentati un po' dappertutto.

In quelle ore convulse, Antonio spiegò in un talk show che si trattava di una questione di principio, che lui non ce l'aveva con nessuno, che non voleva offendere nessuno e che il giardino della sua villetta a Lavinio era ancora al buio.

Mentre la Siria schierava le sue truppe lungo il confine israeliano e gli ayatollah invitavano i fedeli a prepararsi alla guerra santa, i bombardieri e le portaerei alleate venivano sapientemente dislocati in zone strategiche.

La Chiesa invitò tutti gli uomini di buona volontà a pregare per la pace nel mondo, ricordando ai propri fedeli quanto fosse importante sostenere la scuola cattolica e la sua missione di educare all'amore e alla tolleranza.

Il presidente americano tenne un discorso alla televisione, con il quale commosse e infiammò gli animi di milioni di persone, lanciando un messaggio di grande impatto: «Siamo buoni e cari, ma possiamo diventare delle bestie».

L'ultimo documento ufficiale di cui siamo in possesso è un volantino patinato del negozio di Elettrodomestici del signor Ferrara, distribuito ai clienti insieme a uno spremiagrumi elettrico in omaggio, in cui il proprietario sottolineava come la cortesia verso i clienti fosse da sempre il biglietto da visita del suo negozio, insieme ai clamorosi sconti su qualunque modello di trapano. Ormai, però, la tensione era altissima.

Così, quando l'Iran sganciò la prima bomba atomica, tutti rimasero sorpresi, ma non troppo.

Da quel momento in poi le informazioni diventano confuse: si sa di un massiccio lancio di testate nucleari da parte degli americani, ma come siano andate esattamente le cose non è stato ancora appurato con certezza.

Tutto durò sei giorni, forse sette. Di certo nessuno si sarebbe aspettato che la Cina si schierasse con i Paesi Arabi, né che la Russia, sulla base di vecchi rancori, negasse l'atterraggio d'emergenza all'Air Force One del presidente americano inseguito dai caccia coreani.

Queste sono le poche e frammentarie notizie in nostro possesso sulla guerra mondiale scoppiata agli inizi del terzo millennio a causa di un lampione da giardino contestato, una tragedia di dimensioni bibliche da cui ci auguriamo che l'Umanità, ridotta ormai a uno sparuto gruppo di individui disorientati, abbia imparato qualcosa.

La grande attrazione

Il tendone del circo Monteburron diceva tutto. Le sue dimensioni erano talmente ridotte da far pensare piú a un campeggiatore megalomane che a una tribú circense.

D'altro canto le ambizioni del circo erano ancor piú modeste del suo tendone: nei paesini della provincia il massimo che si potesse sperare era una platea di un centinaio di persone.

Vicino al piccolo padiglione rosso e blu si vedevano tre roulotte e una gabbia; all'interno di quest'ultima giaceva in stato catatonico quella che un tempo era stata una tigre. L'animale non si esibiva piú da anni. La sua presenza supina dietro le sbarre aveva il solo scopo di attirare i bambini, perché facessero la lagna con i genitori tanto da farsi portare al circo.

La compagnia era composta da una coppia di trapezisti, un clown, il presentatore e la sua signora, una bionda sui cinquantacinque, la cui fissità del sorriso davanti al pubblico era il solo, vero, fenomeno da baraccone di cui il Monteburron disponeva.

Da due mesi, però, alla carovana si era unita un'autentica grande attrazione che stava rilanciando il circo (per quanto potesse essere rilanciato un circo composto dai due acrobati piú prudenti del mondo, un pagliaccio mollato dalla moglie e un felino da decubito).

Vicino alla biglietteria, un cartello gridava: «Questa sera per voi un numero strabiliante: l'Uomo Onesto!»

Per il piccolo centro si era sparsa subito la voce dell'arrivo di questa incredibile attrazione, ma i paesani, che di ricchezze e di cultura erano decisamente sprovvisti, di scetticismo ne avevano invece da vendere, specie verso chi veniva da fuori.

La diffidenza era il prodotto tipico di quelle parti, come il formaggio o le ceramiche lo sono di altre.

– Sí, sí... numero strabiliante una fava! – esclamò Ernesto il barbiere. – Due anni fa venne quell'altro circo con la bambina a due teste... la seconda testa era finta! Altro che!

– E vi ricordate del nano impalatore del Borneo che ci portarono quella volta su un carrozzone? Era di Castel di Sangro! – aggiunse Fernando il fabbro.

Nonostante tutto, però, la sospettosità innata nei paesani aveva un solo vero nemico, capace di sconfiggerla almeno per un paio d'ore: la noia.

La vita nella cittadina presentava, infatti, tutti gli elementi di quella sana tranquillità provinciale che, in genere, porta i suoi abitanti a compiere i delitti piú efferati.

I circensi sapevano bene, per esperienza, che dopo averli guardati in tralice per un po', gli indigeni sarebbero andati a vedere lo spettacolo.

Se quella sera nella platea ci fosse stata una centralina di rilevamento dell'ottusità avrebbe segnalato dei livelli molto oltre la norma.

Le caute piroette dei funamboli e i lazzi del clown divorziato suscitarono i tiepidi applausi del pubblico.

I paesani non avevano certo indossato i giacconi buoni e le pellicce fragranti di naftalina per cosí poco!

Volevano il mostro.

L'imbonitore, con accanto la sua signora dal sorriso artificiale, entrò nella minuscola arena e annunciò: – Signore e signori, ecco a voi Pino... L'Uomo Onesto!

Tutti rimasero con il fiato sospeso per alcuni secondi, poi dal fondo entrò un ometto che indossava una giacca di misto lana color marrone.

Avanzò timido fino al centro della scena.

La piccola folla rumoreggiò: si aspettava un essere molto diverso, che giustificasse il prezzo del biglietto.

L'imbonitore, che era ormai abituato alle perplessità iniziali del pubblico, prese di nuovo la parola.
La sua signora sorrideva.
– Pino è un'autentica rarità, un individuo sorprendente, una vera anomalia della natura... il circo Monteburron ha avuto tante attrazioni, la donna infrangibile e i gemelli pennuti di Hong Kong, ma Pino li batte tutti! Ora assisterete a cose che non avete mai visto!
Allora, sotto gli sguardi privi di simpatia dei paesani, Pino si tolse la giacca marrone, si bendò e rimase in attesa.
– Ho bisogno della vostra collaborazione, – disse l'imbonitore, sostenuto dal sorriso della sua signora. – C'è qualcuno di voi, cari signori, che mi presta il suo portafoglio? Lei, per esempio...
Indicò un tale seduto in seconda fila che, in linea di massima, avrebbe preferito strozzare un neonato piuttosto che dare il portafoglio a un estraneo. Sentendosi però addosso gli occhi di tutto il paese, non poté tirarsi indietro.
– Benissimo... quanto c'è dentro? Duecento euro! Ottimo! Adesso lo getterò vicino a Pino... state a guardare!
L'imbonitore, con gesto teatrale, buttò il portafoglio a pochi metri dalla grande attrazione. L'uomo, tolta la benda, lo guardò, lo prese in mano e lo aprí.
Il proprietario del prezioso oggetto in pelle trasalí, pensando che Pino volesse impossessarsi del denaro.
Invece l'Uomo Onesto estrasse dal portafoglio un documento di riconoscimento, lo lesse ed esclamò: – Chi è Mauro Restelli?
Un boato di stupore salí dalla piccola folla e quando Pino si avvicinò alle prime file per restituire il portafoglio, nonostante le grida di paura dei bambini e quelle di ribrezzo delle signore, un applauso convinto ne sottolineò la prodezza.
Ormai il ghiaccio era rotto.
Pino intrattenne la platea dando fondo al suo repertorio: pedalò sul monociclo, lanciò clave e palline, riconobbe all'olfatto due assessori.
I paesani erano molto impressionati.

– Certo, incredibile! Ma sarà vero? – chiese Ermanno il muratore.
– E che, non lo vedi? Poveraccio... so' scherzi del destino... – chiosò Luigi il macellaio.

Erano anni che in quel paese non ci si divertiva tanto.

Pino concluse la sua performance con un numero spettacolare e molto pericoloso.

Salí la scala di corda che portava alla postazione dei trapezisti e quando arrivò in cima partí un rullo di tamburi.

L'Uomo Onesto guardò la gente sotto di lui e allargò le braccia.

In platea l'emissione di anidride carbonica si interruppe bruscamente.

Pino aprí la bocca e dopo una pausa, che ai presenti sembrò durare come il primo tempo dei *Dieci Comandamenti*, disse: – Questa mattina, mentre facevo manovra con l'auto, ho tamponato involontariamente una Citroën. Pioveva, le suole delle mie scarpe erano bagnate e mi è scappata la frizione.

La tensione, sotto il piccolo tendone, era altissima. Nessuno riusciva a distogliere lo sguardo dall'omino sulla scala. Dopo alcuni secondi, che ai paesani parvero lunghi come il secondo tempo dei *Dieci Comandamenti*, Pino sillabò: – Ho lasciato un biglietto infilato sotto il tergicristallo, con sopra scritti tutti i miei dati e il mio numero di telefono.

Fu il trionfo. Gli zotici, in piedi, battevano fragorosamente le mani, qualcuno addirittura urlava per l'emozione.

L'imbonitore e la sua signora, che ormai sorrideva fin quasi a slogarsi la mascella, entrarono e fecero ala a Pino, il quale s'inchinava confuso da un successo tanto clamoroso.

Uscendo dal capannone, i paesani commentarono eccitati lo spettacolo e l'enormità di quell'omino eccezionale e spaventoso.

Tutti andarono a dormire tardi. Le coppie, giovani e anziane, nel coricarsi continuavano a parlare di ciò che avevano visto.

Molti bambini quella notte si svegliarono impauriti e vollero infilarsi nel lettone dei genitori.

La mattina seguente, il paese si svegliò intorpidito e soddisfatto.

Una sorpresa lo attendeva.

In piazza c'erano due auto dei carabinieri. Dinda la tabaccaia, la prima a tirare su la serranda, ringraziò in cuor suo il Padreterno perché, a occhio e croce, sembrava voler regalare al borgo qualcosa di cui parlare nei prossimi mesi e, forse, anni.

Stavano arrestando Pino.

La gente si strinse intorno ai militari, travestendo alla bene meglio la curiosità da senso civico.

Il maresciallo, come tutti i marescialli del mondo, non essendoci ufficiali in giro si pavoneggiò per qualche minuto, poi cominciò a spiegare.

– Questo Pino è un tipo pericoloso, gli stavamo dietro da tempo. Tanto per cominciare vi ha ingannato tutti. Non si chiama Pino, ma Giuseppe. Ha sempre lavorato nel ramo «onestà», per tanto tempo è stato il numero uno. Ne ha combinate di tutti i colori. Ha iniziato come dentista, una quindicina di anni fa, ma l'hanno beccato quasi subito perché rilasciava le fatture ai pazienti. Era ancora giovane, inesperto. Poi ha fatto il consulente finanziario, su a Bergamo. Si faceva chiamare Peppe. Al quinto investimento azzeccato suggerito ai clienti, ha dovuto cambiare aria. La gente mica è scema. Ha cercato di rifarsi una verginità a Cosenza, in incognito. Lí lo conoscevano come Peppino. Aveva messo su un'impresa edile. Per due anni tutto è filato liscio, finché hanno scoperto che era l'unico della zona a rispettare le cubature previste dal piano regolatore. È in gamba Giuseppe, però alla fine c'è sempre un qualcosa che lo frega. Certo, non pensavo che si riducesse cosí, a fare il fenomeno da baraccone.

La piazza ammutolí, delusa.

– Io l'avevo detto che le attrazioni dei circhi sono tutte fregature, mannaggia la paletta, – sentenziò Ernesto il barbiere.

Nessuno si avvicinò alla gazzella dei carabinieri nella quale si trovava Pino.

L'Uomo Onesto fissava un punto davanti a sé, in silenzio.

I paesani ripresero a guardarlo con la fronte corrugata, la grettezza collettiva tornò a essere talmente densa e compatta da poterla tagliare con il coltello.

La redenzione, promessa la sera prima da quelle due ore di stupore e di divertimento, era svanita per sempre.

Prima di montare in macchina e partire, il maresciallo guardò un gruppetto di bambini che gironzolava là intorno parlottando a bassa voce, e agitando lentamente l'indice disse loro severo:
– Ricordatevelo, guagliò… L'onestà non paga!

Amore virale

Poche cose al mondo possono incrinare la nostra autostima piú dell'immagine di noi stessi in pigiama. Lo specchio ci propone una figura avvilente, trascurata, un esemplare di accattone domestico che vaga per la casa senza una meta precisa, con il cavallo dei pantaloni a mezza coscia e un'espressione che smentisce millenni di evoluzione.

Questo è lo spettacolo che Franco vede riflesso nello specchio dell'ascensore quando le porte si aprono. Indossa un pigiama aderente, senza bottoni, azzurro con il collo bordato di nero. Sembra un astronauta dei telefilm di *Star Trek*, ma non proprio il comandante: somiglia a uno di quei personaggi minori che non dicono mai una battuta e hanno il solo scopo evidente di dare al pubblico l'idea di un equipaggio.

Franco il cosmonauta preme il pulsante con sopra la lettera T. Trattiene il fiato, mentre il battito cardiaco accelera. Quando la porta automatica si apre, al piano terra, esce silenzioso, furtivo, quasi spaventoso, non fosse per i calzini bianchi e le ciabatte. Deve raggiungere l'uscita passando davanti al bancone dell'accoglienza. Il massimo della trasgressione, fino a questo punto della sua esistenza, è stato ordinare la pizza a domicilio. Non avrebbe mai pensato di ritrovarsi a tentare la fuga da un ospedale in cui è sorvegliato a vista ormai da sei mesi.

Sta scappando dal reparto malattie infettive, dove è sotto osservazione per una patologia nuova e inspiegabile: a causa di una mostruosa anomalia del sistema immunitario, s'innamora di continuo. Il suo apparato affettivo è del tutto privo di difese, non ha anticorpi sentimentali e lui finisce con il perdere la testa per qualunque donna incontri, indipendentemente dall'età e dall'aspetto fisico.

Franco è come un motorino che abbia subíto una modifica: il diaframma che ogni essere umano monta di serie e che gli impedisce di superare una certa velocità nell'innamoramento, è stato rimosso da una bizzarra rettifica della Natura, con risultati devastanti.

Se un amore può sconvolgerti la vita, figuriamoci ventisei (tanti ne ha vissuti Franco nel giro di cinque giorni).

La malattia si è manifestata inattesa e spietata: improvvisamente ha provato un'attrazione irresistibile e carnale per Antonietta, l'anziana signora calabrese che faceva le pulizie nel suo piccolo appartamento. Lei si è licenziata immediatamente, anche se per una frazione di secondo, una scheggia di vita cosí piccola da non poter essere individuata nemmeno con il microscopio, ha pensato di gettarsi tra le sue braccia e abbandonarsi alla felicità.

Da allora, Franco si è innamorato della commessa della tabaccheria sotto casa, di un paio di inquiline del suo palazzo, della moglie del portinaio, di una suora pallottina, della zia Fernanda, una cugina della madre, e di molte altre.

La sua strana sindrome lo costringe a corteggiamenti che iniziano ogni volta con sguardi, sorrisi, piccole gentilezze, inviti discreti e poi, in un'escalation inarrestabile, lo portano a compiere gesti arditi, baciare mani tremanti, carezzare chiome fresche di parrucchiere, annusare l'aria piena di profumi e creme idratanti con lo stesso selvaggio desiderio di un pointer che abbia stanato una quaglia.

Non è piú riuscito a controllare il fenomeno e il suo stato è diventato critico dopo poche ore: gli impegni galanti si sono accavallati, i rifiuti lo hanno fatto soffrire, i consensi lo hanno emozionato, il batticuore e lo stato di esaltazione dei sensi ne hanno messo a dura prova il fisico e la tenuta psicologica.

È stato arrestato mentre si stava dichiarando a una vigilessa che gli contestava un divieto di sosta.

Il primo medico a intuire l'eccezionalità del caso è stata la dottoressa Alibardi, una ricercatrice molto stimata, che però ha dovuto abbandonare il paziente a causa delle sue continue proposte di matrimonio.

Da quel momento, alla situazione di Franco è stata dedicata la massima attenzione. I sanitari fanno quello che possono: brancolano. L'origine della sua malattia è sconosciuta e gli sviluppi completamente ignoti, queste sono le uniche certezze.

Inizialmente si è pensato a una forma di schizofrenia, una diagnosi sempre ben accetta quando non ci si è capito un piffero, ma l'ipotesi è stata scartata quasi subito.

Un immunologo, invece, ha prospettato addirittura la possibilità di un virus creato nei laboratori chimici militari, un modo infallibile per mettere fuori combattimento l'esercito nemico. Quando hai in mano un fucile ma il tuo solo desiderio è quello di regalare un peluche, non puoi costituire un pericolo.

I segnali manifestati dal pover'uomo, ogni volta che è stato monitorato in presenza di una donna, sono stati sempre gli stessi: tachicardia, difficoltà respiratorie, sudorazione delle mani.

Strano come i sintomi dell'amore e quelli dell'infarto combacino perfettamente.

La paura dello staff medico è che questo strano morbo sia contagioso: sarebbe la fine della civiltà umana cosí come la concepiamo. Bloccate tutte le attività produttive, le grandi industrie e l'agricoltura, milioni di uomini e di donne comincerebbero a inseguirsi come satiri e ninfe, in una grottesca soap opera planetaria. Un rischio che non si può correre e che giustifica la tragica quarantena di Franco.

Per mesi non gli hanno permesso di leggere giornali o riviste, di vedere film. Può ascoltare canzoni, ma solo interpretate da voci maschili.

Si è anche indagato nell'ambiente di lavoro di Franco, che da trent'anni fa il bidello in un liceo di Roma. La cosa piú rilevante emersa è che la vicepreside pretende una percentuale dal proprietario del bar di fronte per fargli vendere le pizzette durante la ricreazione.

La vita sentimentale del paziente non ha mai evidenziato deviazioni né stranezze di nessun genere, come risulta dalla cartella clinica. Franco, prima dell'infermità, ha avuto tre amori: Carla, Gabriella e Stefania. Il decorso di questi rapporti è stato del tutto normale, con un inizio, una fase acuta e una guarigione. Sono iniziati, hanno presentato il loro progetto di felicità alla solita commissione (sentimento, carnalità, compatibilità caratteriale, tollerabilità della parentela dell'altro), non hanno ottenuto la licenza indispensabile per costruire qualcosa di duraturo nel tempo e cosí sono finiti, lasciando solo qualche piccolo rimpianto.

L'organismo di Franco non ha mai subito danni evidenti, ma ora la situazione è molto diversa. I primi giorni di ricovero Franco ha avuto paura, al punto di mettersi a pregare molte volte al giorno, con una fede al di sopra dei suoi mezzi.

Ormai però la paura ha ceduto il posto all'insofferenza.

All'inizio era contento di avere attorno quei camici bianchi a studiarlo, controllarlo, rassicurarlo. Tutti lo hanno sempre trattato con gentilezza, i medici in sua presenza parlano a voce bassa, lo maneggiano con cura, come una gigantesca ceramica vivente.

Ora, dopo aver passato la metà di un anno in isolamento, Franco vuole andarsene. Lo ha anche detto ai medici che però gli hanno spiegato quanto sarebbe pericoloso dimetterlo. Non si può discutere con i dottori, usano termini oscuri e inconfutabili, tagliano corto. Lasciano morire la conversazione senza nessun accanimento terapeutico.

Ci sono milioni di persone al mondo che si tirano dietro malattie croniche, reumatismi, cervicali, sinusiti e girano a piede libero. Perché Franco allora deve vivere da recluso? Imparerà a convivere con questi innamoramenti continui, una visita di controllo ogni tanto, due pasticche e via.

In piú, Franco ricorda che c'è stato un periodo nella sua vita durato quasi due anni nel quale non riusciva assolutamente a infiammarsi per una donna.

Si sentiva profondamente infelice.

Aveva diciassette anni e la sua fidanzata l'aveva lasciato per un motivo crudele ma onesto; senza ricorrere alla diplomazia sentimentale, fasulla e melliflua degli adulti gli aveva detto: ti lascio perché mi piace di piú un altro. E basta.

Franco non riusciva piú a provare interesse per le coetanee; passati il dolore e la frustrazione iniziali si era ritrovato solo, privo di attrazioni, un amante disoccupato senza prospettive immediate. Non gli era piaciuto affatto: mille volte meglio soffrire per amore, rigirarsi la notte nel letto, vedere l'oggetto dei propri desideri sfarfallare con un altro che starsene cosí, in un deprimente armistizio dello spirito e della carne.

Franco si è ormai convinto di dover passare all'azione, se non vuole trascorrere il resto della vita tra cartelle cliniche e purea di patate. Vuole evadere. Ha passato ore, negli ultimi giorni, ad architettare un piano, limarlo, smussarlo, curarlo nei minimi particolari e ora gli sembra di averne uno molto astuto: aprire la finestra e saltare giú.

Dopo aver nascosto il coltellino di plastica contenuto nel vassoio del pranzo, ha tagliato la sottile parete di plastica della camera sterile che lo separava dal mondo. L'aria esterna non sembra avere un sapore diverso e questo lo ha sorpreso.

È notte e non c'è anima viva in giro. I malati dormono, i paramedici sonnecchiano. Giunto al piano terra, deve aggirare l'infermiera della reception. Forse dorme, forse no. Sente l'audio di una televisione accesa, trasmette un film western degli anni Cinquanta. Un cowboy sta parlando a una squaw, lei è apache quanto Franco è lappone. Il fuggiasco fissa gli occhi dell'attrice e gli manca il fiato. Qualcuno si muove nella guardiola e Franco si nasconde dietro un filodendro striminzito, sofferto, piú che una pianta ornamentale sembra pure lui un ricoverato.

Torna il silenzio e l'eroe in pigiama riprende coraggio. Si mette carponi, deciso a passare sotto la parete in vetro del bancone. Dopo pochi passi in quella posizione imbarazzante, l'uomo raggiunge l'uscita e si ritrova nel gran parco trascurato e grigio che circonda la struttura sanitaria. Vede aiuole in cemento coperte da cespugli spinosi, pini altissimi e incombenti nel buio.

Cerca di orizzontarsi, legge i cartelli che indicano ai visitatori dove si trovino i vari reparti. Uno di questi suggerisce il viale giusto per uscire e Franco lo imbocca immediatamente, camminando curvo e veloce. Ora deve superare la sbarra e il gabbiotto dei vigilantes, ma a quell'ora il livello di guardia è molto basso, nessuno cerca di entrare di notte e, in genere, nessuno dei degenti tenta la fuga, considerando che per venire ricoverati bisogna rimanere in lista d'attesa per mesi.

A un tratto, a Franco viene un'idea che lo immobilizza e lo fa appiattire angosciato contro una centralina elettrica: e se la direzione sanitaria, presagendo un suo tentativo d'evasione, avesse predisposto un certo numero di donne da guardia all'interno del parco dell'ospedale? Forse nel gabbiotto dei vigilantes, mute e attente, terapeuticamente seducenti, ci sono un paio d'infermiere pronte a saltar fuori al momento giusto, sorridergli e riportarlo, mite e innamorato, alla sua camera e al suo lettuccio.

Nessun indizio tradisce presenze femminili nella postazione delle guardie giurate. Del resto, sarebbe ingenuo aspettarsi profumo di torta di mele o un sommesso parlottio di voci muliebri.

Franco deve correre il rischio. La velocità è la chiave per passare inosservati, cosí l'evaso varca l'uscita come un lampo, transitando dal lato della sbarra piú lontano dal posto di guardia. Nessuno gli grida dietro e Franco finalmente si sente libero, terrorizzato ma felice per quella sensazione che non prova piú da tempo.

Percorre la strada in discesa attraversata dalle rotaie del tram, casa sua è a poche centinaia di metri. Vuole raggiungerla, si toglierà quel pigiama spaziale e indosserà qualcosa che lo farà apparire un uomo qualunque, poi vedrà il da farsi. Forse latiterà per qualche giorno, in seguito potrebbe raggiungere sua sorella in Umbria, o magari rivolgersi ai giornalisti, convocando una conferenza stampa per denunciare il modo in cui l'hanno tenuto segregato, senza spiegazioni e senza prospettive. Lo scalpore suscitato dal suo caso lo metterebbe al sicuro contro nuovi blitz da parte dei medici. L'intera opinione pubblica italiana seguirebbe con sdegno e commozione la sua vicenda: che si provino a toccarlo di nuovo, ci saranno mobilitazioni e proteste, forse addirittura uno speciale del Tg1.

Mentre cammina spedito e invulnerabile verso il civico ventuno, Franco vede un pullman fermarsi a venti metri da lui. Si nasconde istintivamente dietro un'auto parcheggiata. Non è un autobus di linea, ma uno privato, blu con una grande banda bianca sulla fiancata, su cui appare la scritta: Vis Gianicolense. Franco dovrebbe riprendere la sua marcia, ma qualcosa lo tiene inchiodato dietro una Panda del '92. Guarda in direzione del mezzo, in attesa. Il cuore gli batte all'impazzata, senza un motivo. La porta a soffietto del bus si apre e lentamente, una dopo l'altra, ne discende una quindicina di ragazze in tuta da ginnastica.

È una squadra di pallavolo femminile che rientra a tarda ora da una trasferta di campionato.

Le ragazze parlano tra loro, ridono, qualcuna invita le compagne a fare piano, perché sono le due. C'è allegria, la partita deve essere andata bene. In breve tempo le ragazze si disperdono, come ingoiate dalla città, salgono a gruppetti di due o tre su utilitarie parcheggiate lungo la via e scompaiono. Torna il silenzio. Per la strada non si muove piú nessuno per cinque minuti, per dieci, per mezz'ora, un'ora.

La mattina seguente, la dottoressa Alibardi sta leggendo il giornale nel piccolo bar dove fa colazione ogni giorno. Un articolo attira la sua attenzione, nel quale si racconta lo strano caso di un uomo in pigiama trovato morto per la strada, dietro una vecchia utilitaria. I medici del vicino ospedale hanno spiegato all'autorità giudiziaria che si tratta di un loro paziente, Franco G., bidello in un liceo, un raro caso di schizofrenia ingravescente progressiva, fuggito dalla struttura sanitaria nel corso della notte.

La ricercatrice ha un tuffo al cuore, non finisce il caffellatte né la brioche. Telefona al primario del reparto malattie infettive.

– Speriamo si tratti di uno scherzo della natura e che non abbia impestato nessun altro, – le risponde lui con voce stanca.

La sua prognosi, in sostanza, può essere esaurientemente riassunta dalle parole: «Siamo nelle mani di Dio».

La dottoressa Alibardi saluta il primario, spegne il cellulare ed esce dal bar.

Il suo quartiere sembra tranquillo come un bambino che giochi sorridente in cucina, vicino a una pentola che bolle.

Un uomo si avvicina, ha la faccia di chi non si aspetta piú grandi sorprese dalla vita. La donna lo guarda, prima distrattamente, poi i suoi occhi si inchiodano sul viso del passante, sulle sue rughe profonde, sulla fronte stempiata. Aspira il suo dopobarba dozzinale e pensa a quanto sia attraente quella creatura, già incontrata magari centinaia di volte per la strada e mai notata prima d'ora. L'uomo, spaventato da quelle occhiate penetranti, si rifugia nel bar.

La dottoressa Alibardi si sente ricolma di una sensazione nuova, ferocemente vitale, poi si scuote. Per un momento, è preda di un terrore assoluto. Chiude in fretta il cappotto, sale sulla sua auto e si allontana.

Una splendida carriera

I dati d'ascolto non erano buoni. Dopo tanti anni il vecchio programma televisivo sulla difesa del consumatore perdeva consensi. Certamente dipendeva (come garantivano gli autori al direttore di rete) dall'oggettiva difficoltà della fascia oraria, dallo scarso sostegno promozionale, dal traino inadeguato della trasmissione precedente ma soprattutto (pensava il direttore di rete) dal fatto che il pubblico preferiva guardare altro.

Guido, l'autore addetto alle indagini di mercato sugli ortaggi, l'uomo che per primo (e tutti glielo riconoscevano) aveva introdotto in uno studio televisivo delle ragazze vestite da peperone, sottolineò come le condizioni meteorologiche avessero indubbiamente danneggiato gli ascolti: quell'inverno non era piovuto praticamente mai, la gente con il bel tempo usciva di casa e non guardava la tv. I buoni ascolti, come le bietole, hanno bisogno di molta acqua.

Dopo le parole di Guido, un tangibile imbarazzo pervase i presenti.

Maria Carla, la funzionaria che seguiva il programma, tacque.

Stava calando in mare già da qualche giorno una piccola scialuppa di salvataggio per la propria carriera. Aveva raccontato al direttore, in separata sede, che gli autori non avevano voluto seguire i suoi suggerimenti per raddrizzare la situazione. Ora partecipava alle riunioni seduta vicino alla porta, mezza nascosta dietro l'attaccapanni pieno di cappotti.

La mattina seguente gli autori iniziarono l'analisi degli ascolti minuto per minuto, un'azione estrema che, televisivamente parlando, precede l'autopsia.

Erano seri, taciturni, qualcuno ogni tanto parlava al cellulare con tono grave.

Il primo a interrompere la liturgia fu Adriano, un signore grassoccio e con la barba che stava lí perché in ogni gruppo d'autori ce n'è sempre uno grassoccio e con la barba.

Adriano osservò che, di tanto in tanto, il grafico dell'ascolto subiva delle lievi ma significative impennate. Si decise di controllare, dati alla mano, a cosa corrispondessero.

Nel riguardare le cassette delle puntate, il gruppo notò che i picchi in questione si verificavano sempre quando Ettore, il conduttore, si spostava in una determinata parte del set, costituita da un semplice fondale azzurro e da un ficus benjamin.

Ettore era un uomo di sessant'anni, sorridente e abbronzato.

I cameramen lo chiamavano «turacciolo» perché, prima delle registrazioni, si scuriva la testa pelata con un tappo di sughero bruciacchiato sopra un accendino.

Si decise quindi di privilegiare per le riprese il set azzurro col ficus e, dopo un paio di settimane, il programma aveva recuperato tre punti di share.

Un nuovo entusiasmo si diffuse tra redazione, cast e regia. Maria Carla assicurò al direttore di rete che quel punto d'azzurro per la scenografia l'aveva voluto fortemente lei.

Adriano continuò il suo approfondimento sui dati dell'audience e, dopo alcune ore passate davanti al videoregistratore, affermò che si riscontrava un ulteriore incremento di numeri quando Ettore era in piano americano. Quell'inquadratura era la piú premiata dai telespettatori.

Solo Ettore. E il ficus benjamin sullo sfondo.

Di conseguenza, il piano americano divenne il campo di ripresa piú usato dalla regia e il programma guadagnò ancora ascolto.

Ettore pensò che il merito del rilancio della trasmissione risiedesse unicamente nel suo fascino, nuovamente implacabile: aumentò la quantità di tappo sul cranio e trovò il coraggio di palpeggiare la truccatrice.

Tutto andava a gonfie vele.

Adriano, però, non aveva intenzione di rinunciare all'inarrestabile ascesa che, nel gruppo d'autori, la sua bravura nell'analisi dei dati gli stava regalando. Da misero estensore di scalette gli avevano ora affidato l'ideazione della nuova sigla del programma, per la quale aveva già trovato un titolo brillante: *Gira gira il cetriolo*.

Il cicciuto con la barba notò, durante l'ennesimo sbudellamento dell'auditel, che il pubblico cresceva ancora di piú quando, dal piano americano, le telecamere stringevano sull'immagine di Ettore con alle spalle il verde del piccolo arbusto.

Il primo piano del conduttore dalla testa di un improbabile nero corvino cominciò a dominare il programma e, per rafforzare il contrasto cromatico, il ficus gli venne avvicinato sempre di piú.

La trasmissione non aveva mai raggiunto risultati del genere.

Maria Carla ormai anche dal parrucchiere non parlava d'altro che del «suo» programma, mentre Ettore aveva ricevuto una grossa offerta da un canale satellitare e stava valutando la possibilità di un trapianto di capelli.

La trasmissione venne promossa alla prima serata, decisione che creò due diversi tipi di incredulità nel centro di produzione televisivo: compiaciuta quella del gruppo dei suoi autori, furibonda quella degli altri.

Ma una sera accadde una di quelle cose che servono a ricordare la fragilità della condizione umana un po' a tutti, anche a chi non sa bene quale numero di cerone sia il piú indicato.

Ettore si dilungò al trucco, impegnato com'era in un fuoco di fila di battute per impressionare una nuova redattrice, e alla fine della pausa pubblicitaria, mentre l'assistente alla regia correva disperatamente a cercarlo, la diretta riprese senza di lui: le telecamere proposero al pubblico il solo ficus benjamin sul solito sfondo azzurro. Il vuoto nell'inquadratura durò meno di un minuto e, alla prova dei fatti, fu meno vuoto di quello che si potesse pensare.

La mattina dopo, infatti, Adriano annunciò sbalordito al resto dell'equipaggio che il picco d'ascolto (8 345 000 persone, con il trentadue per cento di share) coincideva con il minuto d'inquadratura del vegetale.

Poteva essere un caso.

Si decise allora di provare a staccare, di tanto in tanto, sul ficus benjamin, per vedere come rispondeva il pubblico.

– Cosí, giusto un esperimento… – disse Maria Carla per tranquillizzare Ettore, il quale non riusciva a capacitarsi che un grande animale da palcoscenico come lui potesse aver bisogno di una pianta.

Le settimane che seguirono, come ebbe modo di rimarcare in seguito il direttore di rete, cambiarono la storia della tv.

L'indugiare delle camere sul ficus era costantemente ricompensato dall'attenzione della platea, di conseguenza l'arbusto tropicale fu spostato in primo piano, mentre Ettore parlava e si sbracciava un paio di metri indietro.

I tempi erano ormai maturi.

Nell'ufficio di Maria Carla si svolse una riunione fiume.

Chi passava nei corridoi poteva sentire distintamente, di tanto in tanto, le grida di Ettore.

Sull'onda di un successo sempre crescente e nonostante le proteste del presentatore umano, la conduzione del programma fu affidata al ficus.

Era lui il volto nuovo del piccolo schermo, con i suoi colori eleganti, la sua chioma compatta, la sua ironia sorniona. Intorno a lui, tutti quanti, cast e tecnici, riuscivano a dare il meglio.

Quella stagione televisiva sancí il grande rilancio del programma sulla difesa del consumatore e a metà giugno, in una splendida cornice termale, il ficus ottenne un prestigioso premio come personaggio dell'anno.

Nell'ambiente si vociferò di una sua relazione con Maria Carla ma, si sa, i pettegolezzi nel mondo dello spettacolo sono all'ordine del giorno.

A ottobre, con una leggera potatura che ne rinfrescava l'immagine e un vaso leggermente piú grande, il ficus si ripresentò al suo pubblico.

La concorrenza intanto, decisa a non perdere altro terreno, aveva affidato il varietà del sabato sera a una begonia.

Una grande cena di produzione fu organizzata prima di Natale per festeggiare la schiacciante vittoria del programma e del suo mattatore sempreverde. Tutti sorridevano e scherzavano a voce alta, il ficus appariva sereno e disponibile con tutti, seduto tra Maria Carla e il direttore di rete.

In quell'atmosfera festosa, solo Adriano continuava a pensare al lavoro. Ma non ne parlò con nessuno.

Non era certamente quella la situazione giusta per sottoporre ai colleghi la sua nuova scoperta: nell'ultima puntata, l'inquadratura casuale della cassetta degli attrezzi d'un elettricista aveva raggiunto il trentacinque per cento di share.

Crisi di coscienza

All'improvviso lo stilista provò un tormento interiore, una sottile nausea, un'inquietudine che lo scuoteva.
Era la coscienza o l'insalata di mare che aveva mangiato poco prima?
L'insalata di mare sembrava fresca. Doveva essere la coscienza.
E allora uscí dalla festa ed entrò nella piccola chiesa bianca di Porto Cervo. Cosa accadeva? Perché era tanto turbato? Non si era mai chiesto se desiderasse il perdono celeste. Nel caso, sarebbe stato meglio un perdono beige, che lo puoi abbinare quasi a tutto.
Con la sua coscienza, fino a quel momento, aveva avuto un rapporto formale, un po' come con i suoi vicini di villa a Sabaudia: sapevano reciprocamente di esserci, ma si ignoravano.
Ora invece quella sensazione nuova e sgradevole gli faceva pensare che le cose stavano cambiando.
Il modo in cui aveva lasciato Alex, lo scatto d'ira con la modella coreana, la cocaina sul catamarano di Flavio... no, non poteva andare avanti cosí.
Il suo mondo interiore allora, in quel preciso istante, lo chiamava, lo martoriava; il sentimento del bene e del male appariva nitido, preciso nella sua anima.
Si alzò e uscí dalla chiesa.
Appena fu sul sagrato, vomitò per un minuto e si sentí felice.
Non era la coscienza. Era l'insalata di mare.

Per fortuna, non è malato

Il nonno era morto e Aldo non aveva pianto.
Certo era anziano e malato da tempo, ma un nonno è sempre un nonno, specie se ti ha cresciuto, ti ha insegnato a sputare sul vetro della maschera da sub per pulirlo e ti ha lasciato in eredità il nome.
Mario e Clara, i genitori di Aldo, si sentivano preoccupati per il loro ragazzo.
Trentacinque anni è un'età delicata.
Clara era una donna triste, in decadimento fisico già dalla fine dell'adolescenza, con un volto che, tra la frangetta e un grosso paio di occhiali da sole, si nascondeva agli sguardi di un mondo che comunque, in genere, guardava da un'altra parte.
Amava non corrisposta la musica e suonava il violoncello.
Mario le voleva molto bene e in tutti quegli anni l'aveva dimostrato, non strozzandola come indubbiamente altri avrebbero fatto.
Clara trascinò il marito dall'inquilino del terzo piano, uno psicologo che non esercitava piú da anni.
Gli raccontò la reazione di Aldo alla scomparsa del nonno, cui era stato «sempre legatissimo».
L'uomo, colto a metà di una meravigliosa pasta e fagioli, minimizzò dicendo che forse il ragazzo rifiutava emotivamente quell'avvenimento cosí doloroso, ma che con il tempo tutto sarebbe tornato alla normalità: dopo un pianto liberatorio Aldo avrebbe finalmente ripensato al nonno con tenerezza e serenità.
Si trattava di una spiegazione insufficiente per due genitori

italiani nell'esercizio della loro ansietà, ma se la fecero bastare, anche perché la pasta e fagioli si stava raffreddando.
La vita del piccolo nucleo familiare riprese tranquilla.
Un paio di giorni dopo, però, Aldo rientrò a casa per il pranzo e annunciò ai genitori che Roberto, il suo migliore amico, era stato arrestato per truffa.
Poi entrò in camera sua. Ne uscí dopo pochi minuti con la borsa del tennis.
Mario e Clara si guardarono basiti.
Il loro figliolo non aveva mostrato il minimo dispiacere, eppure conosceva Roberto sin dall'infanzia, la foto che li ritraeva entrambi vestiti da calabrone a una festa in costume campeggiava da anni sulla sua scrivania.
C'era qualcosa che non andava: Aldo stava male, non riusciva a superare un blocco emozionale che gli stava «uccidendo l'anima», come disse quasi in lacrime Clara.
In preda alla preoccupazione, la donna si buttò sul violoncello, incassando dai condomini una quantità di accidenti che avrebbe abbattuto un bue.
Le settimane che seguirono furono pervase da un senso di tragedia imminente.
Clara teneva d'occhio Aldo, mentre Mario cercava di rassicurarla.
Nelle sere in cui il figlio rimaneva a casa, la mamma lo sottoponeva con nonchalance alla visione di pellicole strappalacrime per studiarne il comportamento.
Giovani spose stroncate dalla leucemia, bambini incompresi annegati eroicamente, niente riusciva a far affiorare in Aldo un atteggiamento che ricordasse anche lontanamente la commozione.
Il ragazzo appariva sereno e rilassato, mentre il violoncello tormentava la scala A del palazzo e Mario, avvocato in pensione, non sapeva cosa fare.
Il delicato equilibrio della preoccupazione materna era destinato però ad andare in frantumi.
Infatti, quando Clara chiese ad Aldo il motivo per cui da un

po' di tempo non si vedeva piú la fidanzata Valentina, questi rispose che l'aveva lasciata.
L'aveva lasciata.
E lei non ne sapeva nulla!
Il figlio non gliene aveva parlato, né lei aveva colto nello stato d'animo di lui un minimo di tristezza o di malinconia.
Stavano insieme da sei anni, avevano parlato addirittura di matrimonio, le famiglie si erano conosciute.
Tutto finito, archiviato, come una breve amicizia estiva.
La salute del ragazzo, Clara ormai ne era assolutamente convinta, non poteva piú essere trascurata.
La madre avrebbe pagato chissà cosa per vederlo soffrire come un cane e tranquillizzarsi.
Ma Aldo sedeva sorridente in poltrona davanti alla tv, in attesa della Coppa Italia.
Adesso, dunque, il problema era portarlo da uno specialista.
Mario decise di affrontare la questione con durezza: se il figlio accettava di andare con loro da uno psicoterapeuta, gli avrebbe comprato un'Alfa Romeo.
Aldo accettò immediatamente. Il primo professionista cui si rivolsero parlò di «rimozione del dolore» e di indispensabile «elaborazione del lutto».
Usò anche il verbo «introiettare», che fece molta impressione ai due coniugi.
Il sollievo che l'incontro donò a Clara fu però di breve durata.
Si decise allora a cercare ulteriori conferme nello studio di un altro psicoanalista, di scuola diversa.
Costui raccomandò di non sottovalutare l'influenza della collettività sull'atteggiamento psicologico del paziente.
Tornando a casa, mentre Aldo non sentiva, Clara disse al marito di aver sempre avuto l'impressione che lui sottovalutasse l'influenza della collettività sul ragazzo.
Mario si sentí molto in colpa e quella notte non riuscí a dormire.
Le sedute cui Aldo si era sottoposto costituivano un blando tranquillante per Clara e per il suo violoncello.

Ma ci vuole altro che un tizio seduto su una poltrona di pelle per disinnescare una madre angosciata.

Mentre Aldo scorrazzava a bordo del suo nuovo coupé, Clara decise di sottoporlo a una prova decisiva.

Uccise il criceto che il figlio aveva comprato due anni prima e con cui, di tanto in tanto, si metteva a parlare, guardandolo correre sulla ruota.

Qualche fiocco di topicida bastò per ridurre l'animaletto rigido come una protesi ortopedica.

Compiuto l'orribile crimine, la donna si appostò per cogliere la reazione di Aldo a quello spettacolo.

Il giovane entrò in cucina per perquisire il frigorifero, vide la salma del criceto e rimase immobile alcuni istanti, a guardarlo.

Poi infilò la mano nella gabbia, prese il corpicciolo e lo gettò nella pattumiera.

Per Clara fu una sofferenza indicibile, seconda solo a quella del criceto.

Niente era stato risolto, lei lo sapeva, lo sentiva.

Da quel momento la madre non si contenne piú, parlò al figlio con il cuore in mano, spiegandogli quanto era indispensabile che si facesse curare, immediatamente.

Bisognava che tornasse padrone dei suoi sentimenti, capace di soffrire e di gioire. La sua famiglia lo avrebbe aiutato, in ogni momento.

Cosí, in cambio di un vestito firmato da un noto stilista e di un orologio subacqueo del costo d'un cottage in montagna, Aldo, da figlio affettuoso, acconsentí a farsi esaminare da nuovi specialisti.

La scienza tradizionale non bastava piú ad arginare l'agitazione della violoncellista.

La medicina ayurvedica, la pranoterapia, la cristalloterapia, la talassoterapia fecero da cornice alla crescente angustia della donna, che sfornava mostri come un film di fantascienza giapponese degli anni Settanta.

Mario cercava di adeguarsi, ma non riusciva a tenere il passo con i patimenti della moglie.

Naturalmente, si sentiva colpevole anche di questo.

Clara venne a sapere che gli sciamani della Papua Nuova Guinea possedevano una tecnica di rilassamento spirituale capace di rivitalizzare la coscienza e ridestare le sensibilità intorpidite.

Mario passò uno dei pomeriggi piú brutti della sua vita cercando disperatamente uno sciamano papuano, che in alcuni quartieri di Roma è purtroppo abbastanza difficile da trovare.

Non sembravano esserci vie d'uscita per la malattia di Aldo.

Clara ormai, con le amiche e i parenti, si comportava come la madre di un ragazzo invalido, ne parlava con voce tremante, a testa bassa.

La cugina Elena, però, fece una di quelle cose che danno un senso all'esistenza dei cugini.

Una sera, mentre Aldo si aggirava per la città con la sua Alfa Romeo, il suo vestito nuovo e il suo orologio strabiliante, Clara la invitò a cena.

Anche il polpettone che aveva preparato era triste.

Elena, imbarazzata da un'atmosfera talmente pesante da far sembrare la *Medea* di Euripide un vaudeville, disse che aveva sentito dire da una collega dell'esistenza d'un guaritore bulgaro o turco, comunque bravissimo, capace di risolvere casi complicati come quello di Aldo.

Clara, ostentando l'amarezza e lo scetticismo di una donna che nella vita le ha viste tutte, si rivolse a Mario e sospirò: – Se lo vogliamo portare...

L'ambulatorio del dottor Blazetic, che in realtà era croato, si trovava in uno di quei quartieri popolari della città che, con il tempo, sono diventati alla moda, abitati da benestanti che trovano banali i Parioli o via Cola di Rienzo.

Era arredato in maniera essenziale, severa, in stile «medico preparato che non ha tempo da perdere».

Quale medicina praticasse il dottor Blazetic, non era facile capirlo.

Qualunque fosse, in quella lui era il piú bravo, come testimoniavano l'antipatia molto professionale della sua segretaria e l'entità del suo onorario.

L'attesa per la visita durò circa venti minuti, una durata che serviva a non irritare i pazienti, pur facendo loro capire che il dottore aveva tanti clienti e che quindi erano fortunati a stare seduti lì.

Quando giunse il loro turno, Aldo e i suoi genitori furono accompagnati dall'antipatica nello studio del dottore.

Questi, piccolo, calvo e profumato di cedro, portò Aldo dietro un paravento.

I due rimasero lí un quarto d'ora.

Clara stringeva la mano del marito e un paio di volte, senza motivi evidenti, gli conficcò le unghie nella carne.

Alla fine, il medico e il paziente uscirono dal loro anfratto.

Mentre Aldo si rivestiva, il dottor Blazetic si rivolse ai due genitori sulle spine: – Allora... io ho visto lui. Ho parlato con lui. È vero, lui no ha reazione, lui no piange, no dimostra sofferenza. Questo è evidente. Io ho controllato suoi parametri vitali, sua aura. Ho interrogato suo organismo. Ho chiesto a suoi centri di forza. Lui no è malato. Io posso garantire... lui no è malato.

– E allora... che cos'ha? – ansimò la madre.

– Come posso dire... in modo che voi capite...

Lui è stronzo. Molto stronzo. Ecco. Molto stronzo. Si dice cosí, io penso... Lui no importa di problemi altri, no frega chi vive, chi muore... tutto questo per lui non significa niente... lui pensa a cose sue, prende quello che serve lui... tutto il resto, via... fidatevi mia esperienza...

– Non ha blocchi psicologici? Non è spersonalizzato? – incalzò Mario.

– No. È solo stronzo, – ribadí il dottor Blazetic.

Per Clara fu il giorno piú felice della sua esistenza.

Abbracciò Aldo e lo tenne stretto a lungo, mentre Mario, dopo un momento di perplessità, cercava di trattenere le lacrime.

Improvvisamente, tutto era tornato alla normalità, tutto andava bene, la vita era di nuovo meravigliosa.

Il ragazzo non sembrava turbato, chiese informazioni al padre riguardo al computer portatile che gli era stato promesso.

La famigliola uscí, sulle ali di una felicità incontenibile.

- Adesso papà ci porta a mangiare fuori! - esclamò Clara raggiante.

La madre, finalmente serena, telefonò subito alla cugina Elena e la ringraziò, la ringraziò, la ringraziò mille volte.

- L'ho cresciuto come un fiore... sia ringraziato Dio, - furono le sole parole che Mario riuscí ad afferrare mentre la moglie parlava.

Quella sera, nel piccolo ristorante di Frascati, le tagliatelle furono buone come non mai e il vino davvero squisito.

A cura di

Non riusciva a piovere sul piccolo commissariato dell'Appio Claudio.
Uscendo dalla palazzina bassa, color nespola, tutti alzavano la testa. Agenti, vittime e pregiudicati guardavano il cielo, come si trattasse di un gruppo di contadini preoccupati per il raccolto e non di gente coinvolta in denunce, turni di servizio e furti di motorini. I negozianti si guardavano con diffidenza, dai due lati della strada, mentre donne d'età imprecisabile uscivano per la spesa.
C'è una specie di destino forfetario in quartieri come questo e svegliarsi la mattina Carlo o Marco o Francesca non fa differenza.
A Nerilli bruciavano gli occhi e cominciava a sentirsi stanco alle nove del mattino. Stava prendendo delle fiale, si prendono sempre delle fiale in questi casi. Guardava, fuori della finestra, il muro delle auto in doppia fila che imprigionava quelle parcheggiate regolarmente. Sentiva alle sue spalle la presenza del brigadiere Tartagli, uomo rivelatosi particolarmente utile in quei giorni di retate.
Il sottufficiale gli si accostò in silenzio e il commissario disse: – Sí... cominciamo.
Il primo della fila era una signora pesante, malfatta, inutilmente giovane e Nerilli pensò al coraggio di quella donna, costretta dalla sorte a vivere tutta una vita combinata in quel modo.
– Mi dica, signora.

Lei si tolse qualcosa dalle spalle, forse un impermeabile, e si mise comoda sulla sedia di plastica grigia. Si sentiva gradita. Poi disse un nome, forte e scandito, un nome che il commissario non sentí. Il brigadiere però aveva preso nota.
– Cosa ha fatto?
La donna tirò fuori dalla borsa un libro, un'edizione economica, e lo depose sulla scrivania perché tutti lo vedessero.
– Qui c'è scritto *a cura di*, – disse il donnone e ripeté il nome.
– C'è già qualcosa sul conto di questo qui? – chiese Nerilli.
– Sí, commissario, – rispose Tartagli seduto al terminale, – dodici denunce. Attualmente è ricercato per cinque Introduzioni, parecchie Prefazioni e una decina di critiche televisive sul «Corriere».
Sulla scrivania accanto, un elettrauto aveva depositato un premio Bancarella e una decina di riviste. Anche lui, come il donnone, cominciò a compilare dei moduli con le mani guantate di grasso. Nerilli chiuse gli occhi.
– Un momento, un momento soltanto.
Non vide Anna, la merendina mentale che si concedeva di tanto in tanto, ma una coda interminabile di cittadini e immaginò un libro, un giornale, una rivista in ogni mano, in ogni tasca, in ogni borsa.
Fuori della finestra le nuvole continuavano a spremersi, in preda a una stitichezza meteorologica senza precedenti.
– Non mi piacciono le crociate.
Scosso dal suono di quella voce, Nerilli tornò in sé e per un attimo il suo volto assunse un'espressione d'assoluto smarrimento, di resa incondizionata.
– È da due settimane che va avanti cosí, da quando il Parlamento ha approvato la legge antirecensioni e prefazioni… mai fatto un culo di questo genere, neanche ai tempi della stradale.
Il solerte Tartagli aveva parlato e, come gli capitava sempre, il commissario non trovò nulla da rispondere. Il suo sguardo s'inchiodò sull'articolo di un quotidiano sportivo in cui un centravanti spiegava come, dopo aver colpito quel palo, la vita gli fosse cambiata.

Intanto la coda non si assottigliava e la gente sembrava aver scoperto una pazienza nuova. Una tragica fiducia si era abbattuta sulle forze dell'ordine. – Adesso chiedo un permesso... un paio d'ore.

Ma c'era qualcosa che tratteneva il commissario, che non gli consentiva di fingere un malore e tirarsi fuori da quegli uffici, qualcosa di antico e desueto che, sia di fronte che di profilo, somigliava molto al senso del dovere.

Prese dei biscotti dal cassetto e mentre gustava quel sapore di chiuso, tuonò.

Un agente, rivolto alla coda di persone che si snodava dal pianerottolo giú per due rampe di scale fino all'ingresso dell'edificio, disse che dovevano rimanere solo i primi dieci, gli altri tornassero nel pomeriggio o il giorno dopo.

Nerilli si mise a firmare delle carte: riusciva a farlo senza nessuna concentrazione e gli dava un certo senso di compiutezza.

Un uomo sulla sessantina, che si muoveva tra gli archivi come se avesse paura di romperli, si diresse verso di lui. Indossava un cappotto blu che trasudava dignità e impossibilità di comprarne un altro. Quando fu arrivato accanto al commissario cominciò a osservarlo in silenzio, in attesa che alzasse lo sguardo.

– Vorrei denunciare una Prefazione...

Nerilli indicò senza guardare un punto davanti a sé dove sapeva che c'era Tartagli e il sessantenne si avviò, sempre con prudenza.

I telefoni squillavano, libri, giornali e riviste formavano ormai piccole pile sui davanzali di travertino.

Il commissario spezzò in due una sigaretta, si mise tra le labbra la parte col filtro e gettò nel portacenere l'altra. In questo modo, invece di trenta sigarette fumava sessanta moncherini.

Il giorno prima, aveva guidato l'irruzione nell'appartamento di un noto critico. L'avevano beccato in flagrante, mentre scriveva una recensione su un film polacco. All'inizio aveva negato tutto, poi aveva detto con fierezza: – Posso darvi almeno quattro spiegazioni razionali e assolutamente legali di quello che sto facendo, – ma mentre lo portavano via era crollato, mettendosi a piangere.

Quello che piú faceva imbestialire Nerilli era la pretesa di questi mascalzoni di non meritare nessuna punizione.

– E che cazzo, uno scippatore quando lo prendi inventa scuse, bestemmia, minaccia, ma non viene a raccontati che lo scippo non è reato!

Stavano portando nell'ufficio una nuova libreria metallica e Nerilli fu costretto a spostare di due metri la scrivania in direzione della finestra. Un cielo malandato andava assumendo colori sempre meno probabili.

Appariva ormai chiaro, dopo settimane d'indagini, che il Paese era pieno di individui che, seguendo un preciso disegno criminoso, scrivevano critiche e introduzioni, commentando il lavoro altrui con freddezza e implacabile determinazione. Il fenomeno, sulla base dei dati in possesso del Ministero, stava dilagando in ogni settore dell'attività umana: dopo i libri e lo spettacolo, erano stati segnalati casi di «annotazioni critiche» a lavori di termoidraulica, a due interventi chirurgici alla cistifellea e al modo di preparare lo spezzatino in una trattoria di Orte. I prefazionisti erano ovunque: sarebbe bastato attaccare un chiodo alla parete per dar loro il modo di criticare, sottolineare, penetrare a fondo.

Tutto questo pensava Nerilli mentre si sentiva stanco, mentre immaginava Anna e mentre fuori non riusciva a piovere.

L'unica soluzione sarebbe stata quella di cessare immediatamente qualsiasi genere di lavoro, su tutto il territorio nazionale, ma il Ministero aveva bocciato l'ipotesi. Comunque fosse andata, qualunque decisione avessero preso si sarebbero ritrovati incartati.

«Parlare tutti, parlare di tutto», diceva il volantino anonimo trovato giorni prima in un capannone del tiburtino.

Era arrivata l'ora di scendere al bar per il pranzo. Nerilli chiuse a chiave, senza un motivo plausibile, il cassetto della sua scrivania e si alzò.

– Mi faccia una cortesia Tartagli, – disse il commissario, –

dia una controllata a quel rapporto per la Questura centrale sul mio tavolo.

Lentamente uscí e si diresse verso un posto dove gli avrebbero chiesto ancora una volta «Lo mangia cosí o glielo riscaldo?» In quel momento Nerilli non aveva progetti, di nessun genere. Se fosse sparito su due piedi, non avrebbe lasciato niente in sospeso.

Si era alzato un po' di vento e la polvere roteava in quella che era stata un'aiuola, anni prima, e che adesso era una spianata ricoperta di ghiaia e recintata da una piccola staccionata, per impedire alle auto di salirci sopra. I negozi erano già chiusi. Nerilli entrò nel bar e ordinò qualcosa. La prima parte della giornata se n'era andata.

Intanto, nell'ufficio vuoto, il brigadiere Tartagli decise di rimandare il pranzo.

Sentiva che il suo intervento era necessario, anche se nessuno glielo chiedeva. Secondo lui c'era qualcosa che non quadrava nel rapporto del commissario. Era troppo stringato e poco chiaro, rischiava di vanificare tutto il loro lavoro.

Pensò di dover fare qualcosa. Riscriverlo, non se ne parlava. Non rientrava nei suoi compiti, né aveva l'autorità per farlo. Inoltre, non ne era in grado, anche se questo, a suo parere, non aveva nessuna importanza. Sono tanti quelli che pretendono di fare le cose, pochi quelli che sanno giudicare se sono ben fatte o meno.

Allora ebbe un'idea che gli sembrò quella giusta. Si sedette alla scrivania del commissario, prese il rapporto per la Questura centrale e, dopo averlo riletto attentamente un paio di volte, iniziò a scrivere con calma e lucidità una paginetta. Finí dopo una decina di minuti, la rilesse e si sentí piú sereno.

Poi aggiunse la sua breve introduzione al rapporto di Nerilli e se ne andò soddisfatto a mangiare.

Sprechi

In nessun posto al mondo Carlo riusciva a odiare come dentro a un cinema. Non aveva rivali nel guardare storto la gente attraverso l'oscurità e, appena si sedeva in platea, gli veniva immediatamente voglia di mozzare tutte quelle mani che aprivano confezioni di pop corn o scartavano caramelle che immaginava grandi quanto dei comodini, considerato il tempo necessario a liberarle dalla stagnola. Quei rumori lo tormentavano, ingigantiti dal buio come le paure dei bambini.

Si era ormai completamente convinto che agli altri spettatori non interessasse nulla del film, erano lí solo per rompergli le scatole.

Qualcuno seduto dietro di lui aveva i piedi e ne era fiero, ci teneva a farglielo sapere spingendo contro lo schienale di una poltrona della sua fila, ritmicamente.

Che cosa avevano da parlottare quelle tre adolescenti obese in quinta fila?

Perché quell'idiota portava il figlio piccolo a guardare un film del genere?

Forse quel giorno gli allenamenti si erano protratti, ma presto sarebbe arrivato un nazionale di basket a occupare il posto davanti al suo, costringendolo a spostamenti continui per riuscire a vedere qualcosa.

Andava sempre cosí.

Mai una volta che fosse riuscito a far parte di un uditorio tranquillo, silenzioso, pieno di commenti illuminati a fine proiezione.

Si trovava sempre circondato dall'incontinenza esistenziale dei suoi simili, che li portava a doversi toccare, parlare sottovoce, offrire dolciumi e sbaciucchiarsi.

«Volete fare quattro chiacchiere? – si diceva Carlo. – Invitate gli amici a casa. Desiderate mangiare un dolce? Ci sono le pasticcerie. Avete voglia di fare l'amore? Prendete una camera in un albergo. Avete la tosse? Andate al sanatorio».

Invece no. Andavano tutti al cinema.

Piú di una volta, nelle fantasie criminali che solo il pubblico di un Metropolitan o di un Eden riusciva a suscitare in lui, aveva sognato di estrarre una scimitarra dal cappotto e massacrare tutti i presenti, infierendo animalescamente sui piú fastidiosi.

Non lo aveva mai fatto naturalmente, anche per la difficoltà di procurarsi una scimitarra.

Nel corso di quegli anni, l'astio da platea di Carlo si era inasprito e, di tanto in tanto, tentava di togliere la sicura alla sua aggressività, sin da quando superava le tende di velluto per entrare nella sala con il grande schermo.

Le persone che lo circondavano gli sembravano tutte brutte, quasi deformi, l'insofferenza che provava nei loro confronti rendeva butterate le carnagioni, distorceva i setti nasali, trasformava i sorrisi in ghigni.

Carlo si sentiva come Dante nell'*Inferno*, con la differenza che il poeta almeno non aveva dovuto pagare un biglietto d'ingresso.

Durante le due ore che se ne stava a guardare il film, Carlo ruminava una rabbia capace di sviluppare un'energia straordinaria, una furia che avrebbe potuto fare di lui un eroe indimenticabile per le generazioni future e che invece riusciva soltanto a fargli dire con tono stizzito: «Silenzio!»

Una dinamo gigantesca usata per accendere una lampadina.

«Io gli sprechi non li sopporto» avrebbe commentato sua nonna.

Finita la proiezione usciva in strada, tra tutte quelle persone ignare di essere sfuggite a una strage.

Il vigore bilioso che sentiva nel petto svaniva in pochi istanti.

Allora, sistemandosi la sciarpa per non prendere freddo, concedeva l'indulgenza plenaria a tutti i pubblici schiamazzanti del mondo.

Ma che stessero attenti per il futuro.

La domenica non vale

Walter era un uomo di trentacinque anni, piccolo, tarchiato, quasi calvo, con occhietti azzurri velati da lenti ovali senza montatura e abito scuro.
Il solo desiderio che aveva era quello di conoscere una giornata perfetta. Da anni sperava di realizzare ventiquattro ore completamente prive di seccature, infortuni, incidenti e contrarietà. Costruirne una significava poterne costruire due, tre, quattro, cento, mille, cinquantamila, tutta un'esistenza fatta di giornate perfette.
Una vita felice, avrebbe sentenziato qualcuno incline all'ottimismo.
Ognuno di noi ha le proprie manie, chi non sopporta il disordine, chi costruisce galeoni con gli stecchini, chi si rifiuta di mangiare carne di cavallo, chi per eccitarsi ha bisogno di vestirsi da ussaro: Walter usciva di casa ogni mattina alle sei e quarantacinque con lo scopo preciso di costruire una giornata che filasse via liscia, senza intoppi di nessun tipo, fino a quando si fosse infilato nel letto, intorno alle ventidue e venti.
Portava sempre con sé un blocchetto d'appunti e ci scriveva sopra brevi relazioni quotidiane. Lo aveva diviso in tre parti: *mattino, pomeriggio, sera*, ripartizione non originalissima ma senza dubbio efficace. Nel suo interno segnava in maniera stringata gli ostacoli che aveva incontrato alla realizzazione del suo progetto. Dall'incontro con un seccatore alla macchia di gelato sulla giacca di vigogna, tutto contribuiva ad allontanarlo dal suo

obiettivo, bastava anche soltanto uno di questi piccoli fastidi a distruggere in un attimo il lavoro di ore.

A volte la giornata era rovinata subito, magari dalla difficoltà di trovare parcheggio sotto l'ufficio, altre volte il record falliva a pomeriggio inoltrato, quando Walter iniziava già a illudersi di potercela fare.

I suoi appunti erano diventati un vero e proprio manuale, una guida contro i meschini agguati della vita quotidiana. Walter non ambiva al successo o alla ricchezza, non aveva soddisfazioni da togliersi o fortune da inseguire: gli sarebbe bastato dimostrare al mondo – concetto che per lui si estendeva alla madre, al cugino Marcello e al collega Bruno – che è umanamente possibile trascorrere lo spazio di tempo compreso tra una mezzanotte e l'altra senza che si presentino quelle situazioni in genere definite, forse in maniera un po' sbrigativa ma certamente esauriente, delle autentiche rotture di coglioni.

Le sue pagine riportavano con spirito infaticabile tutti gli eventi, nella loro scarna, lillipuziana drammaticità.

Lunedí 18 ore 7.15. Piove, non ho l'ombrello in macchina e mi sono bagnato. Ricordarsi di tenerne uno sotto il sedile. Obiettivo mancato.

Martedí 19 ore 20.30. Durante la riunione di condominio ho avuto da ridire con Pucciariello del terzo piano sulla potatura della siepe condominiale di mortella. Alzata la voce. Stare piú attento in futuro. Obiettivo mancato.

Mercoledí 20 ore 16.23. Ho rotto un bicchiere del servizio da whisky, mi è caduto mentre lo asciugavo. Pensavo a Ileana, è colpa mia. Maggiore concentrazione durante i lavori domestici. Obiettivo mancato.

Giovedí 21 ore 22.04. È squillato il telefono, pensavo fosse mia madre e ho risposto senza far scattare la segreteria. Era l'impiegato di una ditta che vende vini a domicilio, mi ha inchiodato per sedici minuti, sono andato a letto in ritardo. Per tagliare corto ho comprato una confezione di vini rossi pugliesi denominata Splendore del Gargano. Non rispondere piú al telefono dopo le 21.30. Obiettivo mancato.

Venerdí 22 ore 19.56. Guardavo dvd di fantascienza *Rapax contro il Supermutante*, comprato da un extracomunitario per strada. A metà si è bloccato, inutili tutti i tentativi di farlo ripartire. Come va a finire? Serata rovinata. Obiettivo mancato.

Le domeniche non valevano. Si trattava di giornate finte, sarebbe bastato restarsene a casa per ottenere probabilmente il risultato desiderato e proprio per questo Walter, autoelettosi presidente di un'ipotetica Federazione italiana perfezionismo quotidiano (FIPE), non avrebbe mai omologato un record ottenuto in quel giorno.

Un lunedí mattina, appena uscito dal portone, Walter mise il piede su un escremento di cane grande come una torta per otto persone.

Arrivato alla sua automobile, una Fiat Palio color stanchezza, trovò che mancava la targa anteriore e dovette scriverla su un foglio di carta che appiccicò sul lato interno del parabrezza.

Sotto l'ufficio non c'era parcheggio, neanche nelle vie laterali: durante l'operazione di sostituzione della targa aveva perso minuti preziosi, tutti gli altri erano già arrivati e, come le locuste dell'Antico Testamento, non avevano lasciato nulla dopo il loro passaggio.

Sedutosi alla sua scrivania aveva scoperto che Bruno era in malattia, nessuno con cui scambiare quattro chiacchiere e il doppio del lavoro da fare.

A metà della mattinata una collega biondiccia, scialba come una domenica pomeriggio, entrò timidamente nel suo ufficio; gli spiegò che stavano raccogliendo i soldi per il regalo di nozze a Impagliazzo della Contabilità e Walter dovette anticiparli anche per Bruno che non c'era. La ragazza, con un sorriso dimesso, gli chiese se fosse d'accordo con la maggioranza che nella lista di nozze aveva scelto il servizio da macedonia. Walter, che pur di liberarsi di lei avrebbe avallato l'acquisto di un set per scuoiare gli scoiattoli, assentí con entusiasmo e l'accompagnò alla porta.

Certe giornate non riescono bene, altre hanno nella catastrofe il loro epilogo naturale. Cosí Walter non trovò strano che, all'ora di pranzo, la piccola mensa aziendale fosse chiusa per l'esplosione di un tubo in cucina, un inconveniente idraulico che lo costrinse a mangiare al bar due tramezzini dal sapore indecifrabile e del costo di cinque euro.

Dal punto di vista agonistico, diciamo cosí, la giornata era andata, le ore che rimanevano potevano essere considerate al massimo un allenamento. Oppure, c'era un'altra possibilità, del tutto nuova per Walter, cioè sedersi a contemplare le rovine, anzi, goderne. Comportarsi come chi deve fare i lavori in casa: dopo aver detto per anni ai bambini di non sbattere i giocattoli contro i muri e costretto gli ospiti a pulire le suole delle scarpe sullo zerbino per non rigare il parquet, lasciarsi finalmente andare, la sera prima dell'arrivo degli operai, e mettersi a disegnare con i pennarelli sulla carta da parati e a picconare teppisticamente pareti che tanto, il giorno dopo, dovranno essere abbattute.

Poche cose appagano come la demolizione: è l'eterna lotta nell'animo umano tra il Male e il Peggio.

Piano piano e quasi senza rendersene conto, durante quegli ultimi mesi, Walter aveva cominciato ad accettare l'inevitabilità delle seccature nel corso dell'esistenza: in fin dei conti anche i miliardari si fanno saltare le cervella, gli attori finiscono in carcere, le indossatrici cadono in depressione e si racconta di dentisti costretti a pagare le tasse. Nessuno ne è esente. Siamo programmati per sopravvivere a tutto questo, come il cammello lo è per resistere alla mancanza d'acqua.

Dopo pranzo Walter terminò un po' di lavoro arretrato, poi uscí. Cominciò a piovigginare e, ricordando di aver lasciato l'ombrello in macchina, apprezzò il contributo sobrio ed elegante che la Natura dava alla sua giornata di merda.

Sotto casa, mentre parcheggiava, toccò con il paraurti la radice di un pino e lo spaccò. Ma qualcosa ormai si stava trasformando in Walter, cominciava ad accettare con sereno distacco i piccoli flagelli che ci capitano quotidianamente e, con l'entusiasmo del neofita, aspettava con impazienza il successivo per fortificarsi in questo suo nuovo equilibrio, come il novizio attende la tentazione per dimostrare a se stesso di saper resistere.

Cosí, quando entrò in casa dopo quella che con moderazione ed equanimità si sarebbe potuta definire una data da ricordare con raccapriccio, era sereno, di buon umore.

Da allora la sua esistenza cambiò, con quella gigantesca impercettibilità che accompagna tutti i veri cambiamenti.

Conobbe Emma, una ragazza dal collo forse un po' troppo lungo ma gentile e affettuosa, una domenica in cui la sua squadra perse in maniera apocalittica un derby. Quell'incontro fu il piú felice della sua vita, benché in quel momento non se ne rendesse conto, preso com'era a recriminare su un rigore negato.

Il loro primo figlio, Giacomino, nacque poche ore dopo che gli avevano rubato la macchina, evento che sarebbe stato luttuoso in altri tempi e che invece allora parve a Walter ridicolo come una lucertola che cerchi di spaventare un pitone.

Quando a Ladispoli entrò per la prima volta in quel cantiere e vide in costruzione la villetta nella quale avrebbe passato serenamente gli anni della vecchiaia, circondato dal vociare dei figli e dalle pallonate dei nipoti, era reduce da una terribile colica renale.

Gli affanni d'ogni giorno – Walter se lo ripeteva di tanto in tanto – sono una piccola stonatura, un cross sbagliato, una cottura non perfetta, sbavature che non impediscono al concerto di essere un successo, alla finale di venire stravinta e ai biscotti di essere inzuppati con soddisfazione nel caffellatte.

Niente può migliorarci la vita piú di un piccolo scatto di coscienza (anche perché quelli piccoli sono gli unici di cui siamo capaci).

Quando morí, a ottantadue anni e senza quasi accorgersene, Walter aveva appena finito di ascoltare alla radio una canzone di Ella Fitzgerald che gli piaceva moltissimo e che non sentiva da tanti, tanti anni.

Un naufragio

Quella notte il cielo fu testimone della lotta tra il mare in tempesta e un perito elettronico.

La burrasca aveva affondato la nave da crociera sulla quale Gianni si trovava. Era stato in dubbio sino all'ultimo momento se fare quel viaggio o meno e adesso sapeva perché.

Da ore combatteva con i flutti per rimanere a galla. In tutti i film che aveva visto, i naufraghi trovavano sempre qualcosa cui aggrapparsi: un baule, una trave di legno, un pezzo di scialuppa.

Lui, niente.

Il mare aveva inghiottito ogni cosa, con l'ingordigia di un neonato davanti al capezzolo.

I sessantotto chili della sua modesta corporatura erano stati sballottati a lungo dalle onde, fin quando il naufrago si era lasciato andare, abbandonandosi alla loro prepotenza. Allora l'oceano aveva smesso di fare il bullo, soddisfatto di quella sottomissione, e si era calmato.

Gianni avrebbe voluto cominciare a nuotare, ma non sapeva in quale direzione. Cosí, si limitava a galleggiare, cosa che, in fin dei conti, faceva anche quando era sulla terra ferma, nella vita quotidiana.

Piú volte aveva percepito il passaggio di creature viventi sotto di lui. Si era imposto di rimanere immobile: «Se non mi agito, non si accorgeranno di me, – si era detto, – o almeno mi mangeranno piú in fretta e tutto sarà finito».

La notte era passata.

L'alba si specchiò nella piattezza del mare, interrotta da una testolina umana che si guardava intorno alla disperata.
Finché vide in lontananza un'isola. Doveva trattarsi di una lingua di terra sull'oceano, un luogo brullo e scontroso, sabbia e qualche albero striminzito.
Comunque, la salvezza.
Mentre la corrente lo portava, Gianni pensò che era certamente un'isola deserta dove avrebbe dovuto ingegnarsi per sopravvivere.
Quando fu a poche centinaia di metri dalla riva gli parve di scorgere qualcosa agitarsi su di essa. Poteva essere una burla del primo sole.
Però, mano a mano che si avvicinava, l'impressione di un'animazione oscura e inspiegabile diventava sempre piú forte.
Si strofinò gli occhi tormentati dalla salsedine e finalmente vide.
Alcune centinaia di persone saltavano sulla spiaggia, sbracciandosi nella sua direzione.
Arrivato a una cinquantina di metri dalla terraferma, molti di loro si gettarono in acqua urlando.
Lo afferrarono e lo trascinarono all'asciutto, rivolgendogli frasi dal significato incomprensibile ma dal tono rassicurante e frizionandogli con gli asciugamani il corpo intirizzito.
Gianni era finito sull'isola meno disabitata del mondo.
Gli indigeni erano individui per nulla esotici, di carnagione chiara, vestiti come turisti tedeschi a Sorrento. Non sembravano avere un capo, né che uno di loro ci tenesse a diventarlo. Sorridevano sempre e mostravano una disponibilità del tutto innaturale per degli esseri umani.
Il naufrago fu rivestito, saziato e dissetato.
Dopo tre giorni, era di nuovo in buona salute e ingrassato di mezzo chilo.
La comunicazione però presentava molti problemi.
La lingua degli isolani era incomprensibile per Gianni, che gesticolava disperatamente nel tentativo di farsi capire.
Purtroppo, però, la maggior parte dei suoi gesti aveva un

significato completamente diverso per gli abitanti del posto. Il movimento della mano con le punte delle dita unite in prossimità della bocca aperta, per esempio, azione che da noi significa una inconfondibile richiesta di cibo, per gli indigeni voleva dire «mia suocera è un'idiota». Agitare invece la destra davanti al naso, atto con cui avvisiamo i nostri simili della presenza di un cattivo odore, per quel popolo misterioso indicava l'avvicinarsi di un idraulico disonesto.

Quando poi Gianni, senza alcuna intenzione comunicativa, una volta si grattò distrattamente la testa, venne schiaffeggiato da una signora, gentilissima fino a un momento prima. Non capí mai perché.

La gente dell'isola non sapeva nulla di geografia, non aveva mappe né strumenti per l'orientamento e, sentendo il naufrago ripetere spesso la parola «Italia», si era fatta l'idea che quello fosse il suo nome.

Lo chiamavano quindi «Italia», come un emigrante appena arrivato a Stoccarda.

Non lo lasciavano mai solo.

Per quella gente gioconda l'ospitalità sconfinava nel pedinamento.

Se Gianni camminava sulla spiaggia, lo seguivano sorridendo in silenzio.

Se si avventurava nella foresta, li vedeva sbucare di tanto in tanto dai cespugli e lanciargli saluti tanto festosi quanto indecifrabili.

Una notte decise di fare il bagno nelle acque tiepide, avvolto dalla quiete del riposo altrui.

Una strana sensazione lo portò a voltarsi.

Dietro di lui c'era l'intero villaggio che, sghignazzando, cominciò a schizzarlo, per poi tuffarsi rumorosamente nella baia.

Gli avevano assegnato una piccola costruzione edificata a secco con delle bellissime pietre colorate.

Chiunque passava, entrava, portava un regalo, spostava i mobili, tinteggiava le pareti, senza che l'inquilino riuscisse a opporsi.

Gianni aveva cercato a lungo di far capire agli indigeni che la nave su cui viaggiava era affondata e che lui voleva soltanto tornare nel suo paese. Gli isolani non si erano mostrati stupiti né curiosi e tantomeno desiderosi di trattenerlo: sembrava semplicemente che non gliene fregasse niente.

Sorridevano, giocavano, scherzavano, alcuni amoreggiavano sulla spiaggia: erano civili e cordiali, ma non ci si poteva fare un discorso serio (Gianni era ormai giunto a questa conclusione).

E poi, insistevano a stargli continuamente intorno.

Inizialmente «Italia» aveva pensato che volessero essere premurosi verso un ospite cosí particolare, forse per evitare che compisse un gesto insano, dettato dalla disperazione del momento.

Passate tre settimane, però, li definiva con una certa serenità di giudizio «rompicoglioni».

Ebbe l'idea di costruire una ricetrasmittente con del materiale trovato sulla spiaggia, per chiedere aiuto a chiunque lo potesse sentire.

Dopo dieci minuti che lavorava, una delegazione d'isolani gli consegnò ventuno apparecchi radio, con i quali riuscí a captare solo degli angosciosi tamurè.

Costruí una zattera e la mise in mare. Tornò nella sua capanna per prendere acqua e viveri e, quando uscí, vide l'intera tribú che ci saliva sopra, tra spintoni e risate, tutti con borracce e pezzi di pane nelle mani, decisi senza possibilità di replica ad accompagnarlo.

Cercò di accendere un grande falò perché le navi di passaggio si accorgessero di lui. Dopo pochi istanti erano tutti lí con salsicce e bistecche.

Gianni apprese con orrore che nella lingua degli isolani non esisteva la parola «silenzio».

Lo cercavano continuamente per chiedergli di giocare con loro, per presentargli ragazze ferocemente loquaci, per pregarlo di cantare qualcuna delle strane canzoni che sapeva lui.

Il naufrago cadde in uno stato di prostrazione assoluta.

Un giorno però, dopo essere rimasto nascosto un intero pomeriggio per non dover ballare vestito da tucano, la sua attenzione fu attirata da un'isoletta che sorgeva a non piú di due miglia da quella su cui si trovava.

Nonostante avessero molte imbarcazioni, gli indigeni non ci andavano mai.

Gianni chiese il motivo ad alcuni anziani e scoprí che quello era un posto maledetto, non capí esattamente se perché abitato dallo spirito di un antico demone o perché lí non crescevano i fagiolini, di cui gli isolani erano ghiotti.

In pochi minuti prese la decisione.

Sapeva bene che se ne avesse parlato con qualcuno o anche soltanto se lo avesse lasciato intuire, il suo piano sarebbe andato in fumo.

Poco prima dell'alba, uscí correndo dalla sua casupola, prese una barca e la spinse in mare.

Gli indigeni, pensando che giocasse, lo applaudirono.

Quando però videro che si stava allontanando troppo, cominciarono a chiamarlo dalla riva e poi si buttarono all'inseguimento.

Gianni poteva sentire i loro canti e le risate alle sue spalle, mentre remava forsennatamente.

Gli inseguitori erano piú veloci, ma Gianni aveva accumulato un buon vantaggio. Non riuscirono a prenderlo.

Il fuggitivo sbarcò sull'atollo. Gli indigeni non osarono avvicinarsi piú di tanto. Eseguirono un breve ballo rituale che, a dispetto di quello che direbbero gli antropologi, somigliava molto all'alligalli. Poi voltarono le barche e tornarono indietro.

Gianni non avrebbe mai dimenticato la prima notte sull'isoletta.

Non c'erano canti, né richiami o grida improvvise.

Nessuno che volesse mettergli in mano delle maracas o tirargli addosso scherzosamente una grossa foglia piena d'acqua.

Solo il mare e i colpi di tosse degli uccelli.

Da quel giorno, visse di stenti e solitudine, come aveva desiderato sin dai primi giorni di permanenza sull'isola madre.

Non ebbe mai la tentazione di tornarci.

Ogni tanto vedeva qualche gozzo avvicinarsi a poche centinaia di metri dalla spiaggia.

Gli indigeni se ne restavano a guardare nella sua direzione per un po' e poi se ne andavano.

Oppure il vento gli portava i suoni di una festa, ma la distanza faceva somigliare i rumori a un ricordo.

Visse molti anni in quel piccolo mondo.

I transatlantici che passavano, lontani lontani, gli riportavano alla memoria una vita migliore. Poi però, guardava in direzione dell'isola madre e si consolava, pensando che ne esisteva anche una molto peggiore.

Furia ovina

Eravamo asserragliati da sei ore in un casotto degli attrezzi, tremanti tra badili, rastrelli e barattoli di vernice.
Fuori, la notte aveva ormai cancellato il paesaggio. A una decina di metri dal nostro inadeguato rifugio si era sistemato il gregge, immobile e silenzioso come quello dei presepi. Solo qualche agnello, di tanto in tanto, rompeva lo schieramento per correre qua o là con l'entusiasmo immotivato dei cuccioli. Le pecore adulte fissavano il capanno con occhi iniettati di sangue.
Massimo aveva proposto di tentare la fuga, tanto nessuno sarebbe venuto a salvarci, ma uscire di lí appariva a tutti estremamente pericoloso.
– Prendiamo gli attrezzi e facciamoci largo nella mandria, – sussurrò Goffredo, – le pecore non sono molto veloci, se sfruttiamo bene l'effetto sorpresa, ce la facciamo.
Non ero affatto sicuro di essere piú veloce di una pecora ma non lo dissi per non scoraggiare gli altri. Avevamo chiamato per ore la polizia con i cellulari. Non rispondeva nessuno ed era immaginabile, visto quello che stava accadendo.
Tutto era cominciato qualche mese prima, in Messico. I giornali lo avevano riportato con dei trafiletti: una mucca aveva ucciso e sbranato un cane.
La cosa era stata considerata una stravaganza della natura, come un vitello a due teste, un quadrifoglio o un coreografo eterosessuale. Nessuno si era preoccupato e, del resto, non pre-

occuparsi dei segnali che precedono una catastrofe è una prerogativa della razza umana.

Da quel momento, nell'arco di due mesi, la catena alimentare che da millenni regolava i rapporti tra gli esseri viventi era stata completamente sovvertita: i conigli attaccavano le volpi, i cavalli azzannavano chiunque capitasse loro a tiro, le capre strisciavano nell'erba alta in attesa di vittime da aggredire. I piú deboli, gli erbivori e gli animali da cortile, si stavano ribellando.

I telegiornali erano pieni d'immagini raccapriccianti e, dopo che un reporter del Tg4 era stato ucciso da due tacchini, i giornalisti si rifiutavano di realizzare servizi senza scorta militare.

Gli etologi furono chiamati a dire la loro, ma apparve subito chiaro che non sapevano a quale santo votarsi.

L'Umanità si divise rapidamente in due grandi schieramenti nei confronti degli animali: da un lato i sostenitori del «massacriamoli» e dall'altro quelli del «cerchiamo di capirli, probabilmente è tutta colpa nostra», entrambi animati dalla piú sincera e nobile ottusità.

Un grosso montone belò spaventosamente nella notte e subito dopo tutto il gregge emise all'unisono un gemito agghiacciante. Non c'era piú niente di ovino in quelle creature frementi sotto la luna.

Massimo aprí la porta della baracca e si lanciò fuori. Riuscimmo ad afferrarlo e a trascinarlo di nuovo dentro prima che i musi stravolti dall'odio delle pecore piú vicine riuscissero a morderlo.

– Non voglio morire cosí! È assurdo! Sbranato da un abbacchio! Andiamo via di qui, andiamo via!

Massimo era agitatissimo, lo vedevo spettinato per la prima volta in vita mia.

Dissi: – Cerchiamo di rimanere calmi, – frase che in genere si usa pochi istanti prima di essere presi dal panico.

– Siamo piú intelligenti di loro, – azzardò Goffredo, – questo è il momento di dimostrarlo. E che cazzo, non avremo conquistato la posizione eretta solo per avvitare meglio le lampadine, no?!

Ci sentimmo orgogliosi della nostra condizione di esseri

umani per alcuni secondi, poi sprofondammo di nuovo nella piú cupa disperazione.

Intanto fuori, una decina di bufale si era avvicinata al gregge e guardava ruminando verso la nostra postazione. All'assedio ora prendevano parte anche i mezzi corazzati. L'odore penetrante del bestiame filtrava attraverso le pareti di legno del casotto e c'impregnava i vestiti.

– Perché ci siamo cacciati in questo guaio? – sibilò Goffredo.

Quella mattina eravamo partiti per andare a trovare degli amici di Massimo a Frascati. L'automobile si era fermata pochi chilometri prima di arrivare: la temperatura del motore era salita troppo e il radiatore aveva sputato fuori tutta l'acqua.

Uscimmo dall'abitacolo dopo alcuni minuti, inquieti e senza dire una parola. In giro non si vedeva nessuno. Decidemmo di seguire la strada e arrivare a un distributore.

Dopo neanche cinquecento metri, sentimmo i primi belati. Il sudore ci si gelò addosso e affrettammo il passo, senza renderci conto che andavamo verso il gregge.

Il sesto senso che dovrebbe avvertirci dei pericoli, quell'istinto innato negli animali, che impedisce loro di correre rischi inutili, in noi uomini si è trasformato, adeguandosi al nostro modo di vivere.

Se un negoziante volesse venderci un elettrodomestico di scarsa qualità lo intuiremmo subito, qualcosa nel suo comportamento ci avviserebbe di stare attenti, ma se un leone si acquattasse dietro un oleandro del giardino condominiale, ce ne accorgeremmo di certo troppo tardi.

Cosí non capimmo subito che stavamo andando a metterci nelle fauci del lupo o, meglio, della sua vittima preferita.

All'inizio notammo due pecore, due vedette che in pochi istanti, con i loro richiami lamentosi, radunarono il branco e cominciarono a caracollare verso di noi.

Restammo immobili per un minuto. Non lo dicemmo, ma ci sembrava poco dignitoso scappare davanti a delle pecore. Quando però gli animali, una cinquantina, giunsero a cento metri da noi, ci voltammo e cominciammo a correre disperatamente, senza dignità, né orgoglio, né il minimo amor proprio, senza direzione, senza ragionare, in silenzio, sentendo ognuno l'ansimare degli altri dovuto alla corsa e alla paura.

A dispetto di secoli d'evoluzione e di progresso tecnologico, di scoperte scientifiche e di viaggi spaziali, scappammo davanti a un cospicuo numero di erbivori, andando a rintanarci stupidamente in un luogo da cui ora ci era impossibile fuggire.

– Qualcuno arriverà, – dissi cercando di apparire razionale e fiducioso, – è già successo in Francia, un'intera famiglia accerchiata dai maiali è stata salvata dalla fanteria.

Goffredo si accese una sigaretta, il ciuffo ondulato in disordine e il collo troppo magro per il colletto misura sedici della sua camicia.

Mi disse: – Possiamo resistere parecchi giorni barricati qui dentro.

Lo guardai con sconforto: una sera, in albergo, lo avevo visto preda di una crisi d'ansia perché i cuscini del suo letto non erano anatomici. In quel casotto degli attrezzi avrebbe resistito tutt'al piú altri dieci minuti.

Ma piú di lui era Massimo a preoccuparmi, il suo comportamento sarebbe apparso inconsueto se non addirittura anomalo a chiunque lo conoscesse. Saltò in piedi e mi gridò in faccia: – Piantatela di recitare il ruolo di quelli che la sanno lunga! Vi conosco da trent'anni, siete vivi per miracolo! Che cazzo parlate di «resistere per giorni» o aspettare la fanteria francese, dobbiamo andare via di qui! Subito! Ho bisogno del vostro aiuto e farete quello che vi dico!

Massimo era stato, fino a quel giorno, l'uomo piú mite che avessi conosciuto. Sorridente, introverso, il re dei circuiti stampati, era sempre pronto a soccorrere un amico con il suo cacciavite magico.

Io ho la manualità di una foca, anche solo riuscire ad accendere un'autoradio mi crea problemi, quindi l'amicizia di Massimo per me era sempre stata preziosa. Il testone irto di capelli e la tendenza a macchiarsi con qualunque cosa mangiasse, al punto di guadagnarsi il nomignolo di «sbrodolo», completavano il ritratto di un uomo cui avresti affidato senza un attimo di incertezza la tua vita e il tuo videoregistratore rotto. Lo chiamavamo «il vecchio Massimo» già a quattordici anni, la sfortuna con le donne e l'ironica amicizia degli uomini costituivano sin da bambino il suo destino. Eppure quest'uomo tranquillo, questo adorabile ruminante delle cose della vita, questo amico erbivoro placido e sereno, mi appariva adesso irriconoscibile, armato di un'aggressività che non gli era mai appartenuta.

Mentre non capivo cosa stava accadendo, Goffredo continuava a interpretare la parte di quello che riesce a mantenere i nervi saldi e Massimo, con le mascelle strette e le narici allargate, sembrava un maschio dominante di gorilla mentre guarda la sua tribú.

Cercai di soppesare le parole: – Credo che sopravvivere interessi a tutti noi. Non è questo il momento di litigare. Ragioniamo un momento, cerchiamo di capire cosa ci conviene fare. Non possiamo rimanere qui all'infinito, non abbiamo da mangiare e se il gregge decidesse di attaccare il casotto in forze, non resisteremmo un minuto. Il problema è come uscire di qui senza che se ne accorgano.

Nessuno disse niente. Massimo guardava fuori dalla finestrella e non sembrava ascoltarmi.

– Come facciamo? – disse Goffredo con voce quasi impercettibile.

Aveva abbandonato il ruolo del grande cacciatore e si proponeva ormai per quello che era, un essere umano stanco e preoccupato, una creatura civilizzata, con il colesterolo alto e la parabolica sul tetto, che non è affatto in grado di difendersi dalla Natura. – Il capanno è circondato. Siamo fottuti, – concluse fissando il vuoto.

Di buono c'era che gli atteggiamenti cosí contrastanti dei miei due amici m'impedivano di concentrarmi su me stesso, sulla paura che provavo e quindi di lasciarmi andare.

Del resto, abbandonarsi allo sconforto non serve a nulla. Se devi abbandonarti, abbandonati direttamente alla disperazione.

– Io me ne vado, – furono le parole di Massimo a quel punto.

Le disse come chi si è accorto di aver fatto un po' tardi durante una serata tra amici.
– Dove vuoi andare?! – intervenni, – guarda che quelle lí fuori ti mangiano...
Per tutta risposta Massimo mi colpí a mano aperta, tra collo e guancia, gettandomi a terra sia fisicamente che moralmente.
Non lo riconoscevo piú. Gli stava accadendo qualcosa, forse la stessa cosa che era accaduta agli ovini immobili intorno al nostro capanno e a milioni di animali su tutto il pianeta. I mansueti non volevano piú aspettare di ereditare la terra, avevano deciso di prenderci a calci nel culo.
Massimo cominciò a cercare tra gli attrezzi poggiati alla parete, poi prese una pala di grosse dimensioni, la guardò, la soppesò come fosse una lancia, ne valutò la robustezza e la pericolosità.
– Io scelgo questa, – disse, – voi qualcos'altro. I rastrelli andranno benissimo.
Li prendemmo, anche se né io né Goffredo osavamo chiedergli a cosa dovessero servirci. Formavamo un curioso drappello di giardinieri assaltatori, il passo seguente doveva essere quello di aprire la porta di legno e proiettarci fuori urlando.
Goffredo allora mollò di schianto, come quando porti una poltrona o una cassapanca durante un trasloco, resisti, resisti e alla fine lasci cadere l'oggetto all'improvviso, rovinosamente, e non perché l'hai preso male o hai messo un piede in fallo, ma semplicemente perché non ce la fai piú a portarlo.
Si accasciò in silenzio, con la schiena poggiata alla parete si lasciò scivolare fino a sedersi a terra in maniera scomposta, la testa reclinata su una spalla, le gambe che parevano disarticolate. Massimo lo afferrò per i capelli con una mano e con naturalezza, senza tradire sforzo o rabbia, lo tirò su lentamente fino a rimetterlo in piedi.
– Forza... – fu la sola cosa che io riuscii a sussurrare a Goffredo.
– A questo punto, ognuno per sé. Se vi portassi dietro, mi fareste prendere dalle pecore. Ciao, – disse Massimo e fece per uscire.

– Non puoi andartene cosí, – replicai, – guarda in che stato è Goffredo... se ci lasci, non ce la facciamo...
– Lo so, non posso farci niente. Io so di poter uscire vivo da questa situazione ed è quello che voglio fare.
– E noi? – chiesi basito.
– Mi sono occupato di voi per anni. Io correvo di qua e di là con la borsa da lavoro e voi intanto vi fidanzavate, vi lasciavate, compravate case, automobili, viaggiavate. Poi andava in corto l'impianto elettrico o si rompeva la caldaia e allora mi chiamavate, mi raccontavate, mi offrivate la cena, mangiavamo in cucina «come si fa con uno di famiglia». Vi ho portato sul groppone a lungo, mi sembra. Tutto deve avere un limite, no?

Massimo aveva ragione e, come spesso capita, la ragione altrui ci appare fredda, crudele, ingiusta. D'accordo, hai ragione, ma adesso dimostra grandezza d'animo e generosità, aiutaci a salvarci e poi ne riparliamo. Massimo però sembrava aver maturato un progetto di lieto fine molto diverso dal mio. In altri tempi, avrebbe trovato il modo per farci uscire da quella trappola, si sarebbe speso per tranquillizzare Goffredo, mi avrebbe fatto l'occhiolino quando lo avesse visto piú tranquillo e si sarebbe assunto i rischi maggiori per il bene comune, accontentandosi di un piccolo aiuto da parte mia. Io, per intenderci, ero quello che teneva la torcia mentre lui si sdraiava in terra per controllare i cavi dell'impianto stereo. Adesso era finita. Gli erbivori, anche quelli umani, si rifiutavano di collaborare, anzi, pretendevano un'inversione di ruoli assolutamente imprevista.

Massimo mi spinse bruscamente contro la parete del casotto, aveva bisogno di spazio per prepararsi a uscire. Fu allora che accadde.

La porta del capanno fu sfondata di colpo: un enorme montone entrò scrollando la testa e guardandosi intorno. Io rimasi pietrificato, Massimo invece afferrò Goffredo per un braccio e lo spinse verso l'animale, che lo azzannò alla nuca. Intanto, altre tre pecore cercavano di passare dalla piccola entrata. Massimo afferrò la pala, cominciò a colpirle come una furia e per qualche istante le bestie indietreggiarono. Ma ormai tutto il gregge si stipava davanti all'ingresso del nostro rifugio, gli animali si spingevano e belavano selvaggiamente, per un attimo mi venne in mente la ressa davanti a uno dei tanti buffet aziendali cui avevo preso parte.

Il corpo di Goffredo era stato trascinato fuori, per lui non c'era piú niente da fare. Guardai oltre la finestrella del casotto. Gli animali si erano assembrati tutti davanti alla porta e uno dei lati della piccola costruzione di legno era libero. Sfondai il vetro con un barattolo d'acquaragia e mi girai verso Massimo. Lo chiamai una, due volte. Lui si voltò verso di me e proprio in quel momento una capra lo morse a una mano, facendogli cadere la pala. Ci guardammo per un attimo, poi fu risucchiato da quella massa belante. Le sue braccia si agitarono sopra tutta quella lana, poi scomparvero. Sbranato dal vecchio intervallo della tv. Orribile.

Uscii dalla finestra rotta e cominciai a scappare verso il buio. Come in un incubo, avevo la sensazione di correre lentissimamente, mentre dietro di me gli ovini smembravano i corpi dei miei amici. Vagai alcune ore per la campagna, terrorizzato dal minimo rumore. Una lepre mi seguí a distanza per una mezz'ora, poi mi lasciò andare.

Dopo un tempo che mi sembrò infinito, arrivai a un accampamento, si trattava di una compagnia di lancieri di Montebello. Mi avvolsero in una coperta, mi diedero da mangiare. Raccontai loro quello che era successo, della terribile fine di Massimo e di Goffredo. Un tenente mi disse che ero stato fortunato. Se fossero stati cavalli, non ce l'avrei fatta. Ogni tanto si sentiva uno sparo nella notte. Erano le sentinelle, quando una mucca o delle oche si avvicinavano troppo.

Il giorno seguente mi riportarono in città. C'erano presidi militari dappertutto, la razza umana, dopo un comprensibile sgomento iniziale, si stava organizzando, era pronta a reagire con la durezza necessaria. Ho assistito con i miei occhi alla fucilazione di alcuni pony, a piazzale degli Eroi.

Poi un giorno, senza preavviso, cosí come si era manifestato, il fenomeno finí. Le mucche ricominciarono a fare le mucche, a guardarci con i loro occhi tondi, a farsi toccare le tette piene di latte e a lasciarsi ammazzare tranquillamente nei nostri mattatoi. E cosí per i cavalli, per le pecore e per tutte le altre specie animali. Il bestiame fu monitorato attentamente per mesi, si cercava di capire se fosse ancora pericoloso per gli uomini.

Alla fine, l'esercito abbandonò le fattorie e gli allevamenti e tornò nelle caserme. Certo, ci fu un prezzo da pagare per il ritorno alla normalità. I corsi d'equitazione andarono diserti per almeno un paio d'anni, milioni di persone traumatizzate in tutto il mondo divennero vegetariane e venne proibita la messa in onda televisiva di cartoni animati aventi come protagonisti le specie animali coinvolte nella rivolta. Nient'altro.

A parte il fatto che io mi sono iscritto a un corso d'elettronica e oggi so aggiustare da solo una radio o un frullatore.

Noi imbecilli

Marco disse con amarezza a Enrico, amico di una ventina d'anni piú grande di lui, che si era sentito un cretino. Muoveva talmente tanto le mani, mentre si accalorava nel racconto, che se lo avessero buttato in mare sarebbe riuscito a rimanere a galla e raggiungere la riva a furia di gesticolare.
Camminavano lungo l'ampio viale che dalla chiesa portava alla stazione della metropolitana e la strada proponeva un elettrauto, un tabaccaio, una macelleria equina, una profumeria e molto altro ancora, come a dire ai passanti: state tranquilli, anche se siamo in periferia, tutto quello che vi serve qui l'abbiamo.
Marco era dispiaciuto, parlava scuotendo la testa. La figura fatta quella mattina in ufficio lo aveva prostrato. Enrico sorrise.
– Non dare peso a quello che è successo. Sono sempre stato convinto che il vero motore delle azioni umane, dalle scoperte scientifiche ai crimini piú terribili, non sia l'ambizione o la sete di potere e neanche la passione. È la paura di sembrare cretino. L'essere umano, nonostante la sua civiltà e tutto il resto, ha continuamente il sospetto di essere un imbecille. È proprio questo sospetto che ci spinge a costruire, a inventare, ad andare avanti. La paura di essere presi per dei coglioni ci porta a fare la maggior parte delle cose che facciamo...
– Lo dici per consolarmi, – insinuò Marco.
– No, lo credo veramente. Ti faccio un esempio: prendiamo Ulisse. Partecipa a una guerra stupida, scatenata dal prurito alle corna di un collega, Menelao re di Sparta, roba di cui oggi vai

tranquillamente a parlare in televisione. Dopo dieci anni d'inutile assedio a Troia, i greci decidono di lasciar perdere. Ulisse dovrebbe essere contento e tornarsene subito da Penelope. Invece no. Ha paura di fare la figura del frescone, di quello che torna sconfitto. Cosí, s'inventa lo stratagemma del cavallo, con cui causa la distruzione di una città, la morte di migliaia di persone tra cui i suoi compagni e, come se non bastasse, fa incazzare pure il dio Poseidone (che non è come fare incazzare il geometra del piano di sotto). E parliamo di Ulisse, un signore che da sempre viene indicato come modello di astuzia, di acuta intelligenza. Tutto per il timore di apparire stupido.

– In effetti... non avevo mai considerato l'*Odissea* da questo punto di vista... – tentennò Marco.

– Facci caso, – continuò Enrico, – l'epiteto che piú ci fa male, quando ce lo rivolgono, è cretino. Questo perché è una definizione che, in fondo, sentiamo essere vera.

– Parli bene, ma se ti fosse capitato quello che è capitato a me...

– Ascoltami: io ho avuto per anni l'impressione di essere un imbecille. Però si trattava solo di un dubbio. Avevo accumulato moltissimi indizi, certo, ma mi mancava una prova decisiva, schiacciante. Allora mi sono tenuto costantemente d'occhio, convinto che prima o poi mi sarei inchiodato. Ogni tanto mi sorprendevo a comprare un elettrodomestico inutile o a sbagliare clamorosamente una manovra in garage: piccolezze, mi dicevo, un attimo di distrazione che non significa nulla.

Quando, dopo aver firmato un impegno quinquennale col Club dello Scrittore, mi resi conto che i primi due libri che avrei ricevuto erano *L'allevamento del pastore scozzese* e il romanzo *Ti desidero dolcissima Betty*, la mia autostima vacillò. Ma si trattava in fin dei conti di piccoli reati contro l'intelligenza, niente di piú, cosette condonabili con una notte di sonno. Finché...

– Finché? – chiese Marco, che era rimasto incollato al ragionamento di Enrico come un bambino ai cartoni animati.

– Finché ho conosciuto Giusy. Grazie a lei ho capito che l'amore, il sentimento che muove il mondo, la molla che fa scattare l'ispirazione in Petrarca e il giro di do nei cantautori, l'amore, ti dicevo, si basa sostanzialmente sulla stupidità.

– Ma... in che senso? – brancolò Marco.

– Giusy non ha bisogno di me, tu la conosci... è bella, intelligente... non me la posso permettere, diciamo la verità. A rigor di logica, non dovrei nutrire qualche riserva sul suo affetto, dovrei nutrire l'intera panchina del Milan... intelligenza vorrebbe che trovassi una donna piú adatta a me. Te ne sarai accorto: al vederla scodinzolo, perdo liquidi corporali, tento battute di spirito. Sono arrivato al punto di regalarle dei cioccolatini per il suo onomastico.

– Be'... che c'è di male?

– Niente. L'amo, al di là del piú comune buon senso. L'amo come uno scimunito. L'innamorato e l'idiota sono come l'Italia e la Svizzera: confinano. Mi viene da pensare che se l'amore, che garantisce il perpetuarsi della specie, si fonda sulla stupidità, vuol forse dire che la stupidità vale qualcosa. Da quando conosco Giusy ho fatto pace con la mia idiozia. Se non l'avessi, oggi sarei molto piú infelice.

I due entrarono in un bar e mentre consumavano al bancone Marco si sentí sereno. Non pensò piú a quello che era accaduto in ufficio e, tornato a casa, disdisse l'abbonamento al Club dello Scrittore.

Con l'aiuto di Dio

Il santo padre scosse la testa preoccupato: delle tante prove che aveva dovuto affrontare nel suo pontificato questa gli appariva senza dubbio la piú difficile.

Il suo volto era segnato profondamente, come la corteccia di un albero, le palpebre pesanti, la bocca immobile: un quadro di serena sofferenza per cui tutti – anche gli ultimi leader comunisti – dicevano di provare un grande rispetto.

Era stato a lungo indeciso sul da farsi e alla fine, dopo aver parlato piú volte con il segretario di Stato e con alcuni cardinali tra i piú fidati, aveva concluso che l'evangelizzazione segue le vie piú impensabili.

Questa occasione non andava persa. Conservava ancora negli occhi l'immagine dei bambini indios che aveva carezzato tre giorni prima, alla fine del viaggio pastorale in America Latina: piccoli, scuri, con occhi commoventi e un forte odore di selvatico.

Per la prima volta da quando era salito al soglio di Pietro non si sentiva all'altezza, temeva di non riuscire. Pregò in silenzio per alcuni minuti.

Non era piú il ragazzetto di Bratislava che correva per i vicoli insieme agli amici e si arrampicava sugli alberi. Il suo corpo era stanco, i suoi movimenti lenti e tremanti. Dio gli avrebbe dato la forza, anche questa volta.

Pregò ancora. L'attesa lo faceva soffrire, rendendolo nervoso nonostante gli sforzi per controllarsi. Del resto, il cattolicesimo è pura aspettativa, l'attesa della venuta del Regno dei Cieli.

«And now the end is near» lesse sul foglietto che gli avevano dato e sorrise. Sembravano parole riferite alla sua esistenza terrena. Avrebbe voluto apportare qualche modifica a quel testo, ma alla fine si era convinto che sarebbe stato un errore, addirittura un intralcio alla comunicazione semplice e diretta con quelli che lo avrebbero ascoltato, credenti e non.

Tornò a scorrere con gli occhi quel testo e per un istante tutti i pensieri che gli riempivano la mente, la stesura della nuova enciclica, la pace nel mondo, la crisi delle vocazioni, svanirono.

Ripensò a quando, da bambino, i suoi genitori lo avevano portato a teatro, tutte quelle luci, la musica, gli applausi. Sospirò. Erano passati talmente tanti anni da fargli sembrare che quei ricordi appartenessero alla vita di un altro.

Le suore lo avevano lasciato solo in quella grande stanza in penombra, nessuno poteva aiutarlo. Solo la sua fede e l'amicizia di Dio.

A un tratto la porta si aprí e alcuni uomini entrarono camminando piano, in silenzio. Quando furono vicini al papa uno di loro, grasso, brizzolato e con una cartella di plastica in mano, gli si rivolse con tono sommesso e pieno di rispetto: – Santità, è il momento. Se vuole seguirci...

Il pontefice sorrise e si alzò con lentezza. In un attimo si formò una piccola, curiosa processione, guidata da un vecchio signore vestito di bianco, cui si erano accodati cinque laici che parlottavano tra loro a voce bassa.

Quando la porta si aprí, una grande luce accecante investí il vecchio papa e lui pensò che doveva essere proprio cosí l'arrivo in Paradiso.

La base partí e il santo padre iniziò a cantare *My Way*, con voce leggermente incerta ma molto intonata. Appena ebbe eseguito l'acuto finale, dalla platea partí un'autentica ovazione. Lo showman lasciò che l'applauso si consumasse prima di salire sul palco. Il papa lo benedí e lui gli baciò la mano. Quello era il momento clou della serata.

Prima del santo padre era toccato a un regista famoso, di sinistra e vincitore a Cannes, un tipo in giacca di velluto da sempre restio alle apparizioni pubbliche. Aveva imitato un po' ritroso un cantante romano e poi aveva finto di volersene andare subito ma, prima di farlo veramente, aveva eseguito un numero con i ventagli.

Dopo il pontefice, sarebbe stata la volta del presidente del Consiglio che, muovendo abilmente la mano sotto l'ascella, riusciva a fare delle pernacchie, cosa che avrebbe certamente fatto sganasciare il potenziale elettorato.

In scaletta poi c'era una celebre attrice americana un po' in declino e una ricercatrice che, a quel che si diceva da almeno sette anni, era vicinissima a scoprire il vaccino contro l'Aids.

Lo showman scherzò, sempre rispettosamente, con il papa, che gli tirò affettuosamente la bella coda di capelli. Questo fece letteralmente tremare l'arena per i battimani. Poi, il conduttore della serata alluse alla passione giovanile del santo padre per il teatro e, una parola tira l'altra, lo convinse ad accennare la vecchia macchietta di Ciccio Formaggio.

Fu una pagina meravigliosa di Storia della Chiesa cattolica, come ebbe modo di scrivere il giorno seguente l'«Osservatore Romano».

Tornato in Vaticano, il papa che veniva da non troppo lontano s'infilò nel suo letto candido, le membra flaccide si rilassarono, chiuse gli occhi e, prima di addormentarsi, pensò che aveva umilmente fatto qualcosa al servizio della parola di Cristo.

Però, l'arrangiamento dell'orchestra poteva essere migliore.

Improvvisamente un albero

In una bella giornata di giugno, un padre cammina in campagna con la figlia.

L'uomo respira a pieni polmoni, compiaciuto, quasi orgoglioso, come se la bellezza del paesaggio sia merito suo. Nella vita però, non appena qualcosa che somiglia a un momento di serenità ti fa abbassare la guardia, subito arriva una randellata a riportarti con i piedi per terra.

La bambina a un tratto gli chiede: – Papà, che albero è quello? – indicandone uno a pochi metri di distanza.

Siamo onesti: sono domande da fare a Pocahontas, non a un individuo nato e cresciuto in periferia. Il padre in un attimo rivede gli alberi del suo vecchio quartiere, sparuti e grigi, tutti accomunati, come i membri di una loggia massonica, dal comprensibile intento di non farsi notare.

Il poveretto non ha confidenza con nessun rappresentante della Natura che non sia legato alla specie umana da un rapporto di dipendenza, come un cane o una pianta da interno.

È in una situazione imbarazzante.

Ha di fronte a sé solo due possibilità: dire il primo nome d'albero che gli viene in mente e quindi mentire alla figlia, oppure rispondere «non lo so» e perdere di carisma di fronte alla piccola.

Un papà dovrebbe sapere tutto e quando un figliolo gli indica un funghetto nel sottobosco è perché si aspetta di sentirlo rispondere, con un sorriso buono, che non si tratta di un funghetto ma di un *Lactarius piperatus* della famiglia delle agaricacee, con ricettacolo bianco o paglierino e cappello imbutiforme.

Purtroppo però, il nostro povero genitore non ha la piú pallida idea di come si chiami quel maledetto albero.

Gli viene di pensare che se un mobilificio ci avesse fatto un paio di comodini, adesso non avrebbe quel problema.

Non può piú guadagnare tempo, inspira lentamente e dice:
– Veramente in questo momento... non ricordo, tesoro!

La bambina risponde semplicemente: – Ah.

Per il povero padre, il monosillabo piú umiliante di tutta la sua vita.

Allora sente il dovere di recuperare, di dare alla figlia la risposta che desidera.

Le nozioni di botanica dell'uomo sono molto scarse, gli unici alberi che conosce sono quelli scelti come simbolo dai partiti politici.

Si chiede perché in politica le piante riscuotano tanto successo. Si risponde che, probabilmente, dipende dal fatto che in quell'ambiente si trova parecchio concime.

A questo punto, il padre vede un uomo anziano seduto sull'erba.

Ha un bel volto segnato, i capelli bianchi, le mani grandi e callose.

Deve essere un contadino, uno che vive da quelle parti e ha lavorato la terra per anni e anni.

Lui di certo lo sa come si chiama l'albero.

Il padre glielo chiede, timido e sottomesso, stando attento a non farsi sentire dalla figlia.

Il vecchio lo guarda con un'aria leggermente trasognata e risponde: – Qui una volta erano tutti aceri.

Bene. Un tempo gli aceri dominavano quella zona, avevano realizzato una sorta di governo monocolore. Ma quello, adesso, che albero è?

– Dovrebbe essere un olmo.

«Ma come *dovrebbe essere*? – pensa contrariato il padre: – Tu sei di qui, lo devi sapere! È come se Tarzan non distinguesse un gorilla da una bertuccia!»

È disperato, non sa piú a chi o a cosa aggrapparsi, capisce che gli uomini hanno ormai perso ogni rapporto con la Natura, le sono talmente estranei da non conoscere piú il nome degli alberi. Questa riflessione lo spaventa, ma gli fa anche orrore il sorprendersi a ragionare come un sottosegretario alle Politiche ambientali.

Non vede piú vie d'uscita: deve mentire alla sua bambina.

All'improvviso la moglie, che si era fermata a comprare della ricotta da un pastore, arriva e gli dice: – Andiamo, è quasi ora di pranzo... Dio che caldo! La macchina potevi lasciarla all'ombra... sotto quel tiglio...

Un tiglio! È un tiglio.

L'uomo si avvicina alla sua bambina e glielo dice.

– È un tiglio, tesoro. Torniamo a casa.

Magari domani andiamo a fare due passi al centro commerciale.

Testoline ottuse

Il Sioux guardava in basso, verso la vallata, brandendo l'ascia in un gesto eterno. Davanti ai suoi occhi socchiusi apparve il ranch piú spoglio che aveva mai visto, di dimensioni modeste e molto scalcinato.

Fosse stato il dirigente di un nostro qualsiasi ministero, avrebbe potuto dire che il suo lavoro non gli dava piú le giuste motivazioni. Ma la realizzazione professionale dei guerrieri Dakota, purtroppo, non ha mai interessato nessuno.

Dentro la piccola costruzione s'intravedevano due visi pallidi, un uomo e una donna, che ammiravano un neonato.

Avrebbe potuto attaccarli anche da solo, non ci sarebbe voluto molto ad avere la meglio su quella famigliola indifesa e portare via il bestiame, mezza dozzina di pecore, un bue accovacciato e un piccolo cavallo. Non riusciva però a decidersi, forse per la scarsezza del bottino, forse per l'espressione serena e benevola dei due genitori.

Il Sioux si chiese per quale motivo gli altri non arrivassero, tra i guerrieri della sua tribú ce n'era almeno un paio che non avrebbe avuto problemi a fare il lavoro al posto suo. Desiderava moltissimo acquattarsi, ma naturalmente non poteva. Dietro di lui, il suo mustang lo fissava, immobile e dignitoso, nonostante gli mancasse una zampa anteriore.

Si accorse allora di altre presenze che non aveva notato fino a quel momento.

A poca distanza dal ranch c'era una donna che lavava i panni nelle acque di un piccolo stagno e al suo fianco, anche se sembravano ignorarsi del tutto, un ragazzo pescava. Stava tirando su un bel pesce dorato, ma non si decideva a staccarlo dall'amo.

Girando ancora lo sguardo per quel che gli riusciva vide, sotto un albero che non conosceva, dal lungo fusto e dalle ampie foglie paripennate, una sparuta mandria di strani cavalli dal dorso orribilmente deforme.

Il pellerossa si sentiva nervoso, era entrato in un territorio sconosciuto, misterioso e ostile. Cominciava ad avere paura, sentimento che non puoi permetterti se ti chiami Orso Indomito. Le terre del suo popolo, lo sapeva bene, si estendevano dal piccolo tavolo sacro al tappeto dei mille orsetti. In quei luoghi i Sioux cacciavano, combattevano i soldati e vivevano in libertà i loro giorni. Adesso però si era spinto troppo oltre. Tese l'orecchio sperando di sentire le grida dei suoi fratelli che si avvicinavano.

Fu allora che scorse una creatura spaventosa, in cima alla collina adiacente a quella su cui si trovava. Era un tacchino gigantesco, molto piú alto di lui, che lo guardava in silenzio. Il sangue gli si ghiacciò nelle vene.

Mentre si preparava a difendersi dal mostro, arrivò il *marine*. Stava parlando a un telefono da campo e non sembrò avere nessuna paura dell'enorme gallinaceo che incombeva su di loro. Anzi, si trovò subito a suo agio lí nel presepe, dove Simone, sette anni, lo aveva messo, con un innesto spazio-temporale ardito e affascinante. Del resto, il Medio Oriente era pane suo, un posto infido e pericoloso dove però i *marines* sanno come muoversi.

Il militare iniziò subito a tenere d'occhio tre vecchi che si avvicinavano alla capanna sui loro cammelli, portando ciascuno un cofanetto sospetto. Avrebbe potuto essere esplosivo, degli arabi non ci si deve mai fidare, questo al *marine* lo avevano ripetuto migliaia di volte.

A quel punto, Simone tornò dalla sua camera con le mani piene di soldatini e li sistemò dappertutto: un giapponese a dare una mano al caldarrostaio, un barbaro con arco e frecce vicino alla mangiatoia, un pirata malese che cercò subito di attaccare discorso con l'angelo che stava sopra la stalla.

Tutti i soldatini, qualsiasi fosse l'etnia che rappresentavano e in qualunque materiale fossero stati fabbricati, convissero serenamente: davvero non c'erano piú romani e barbari, cristiani ed ebrei, bersaglieri e giubbe rosse. Che si trattasse di ometti in plastica o in piombo, se ne stettero là, tranquilli, con nelle loro testoline ottuse la sensazione sempre piú chiara che dovesse accadere qualcosa, arrivare qualcuno.

Ma arrivò solo l'Epifania e la piccola città venne smontata, le casupole in cartone e la capanna riposte in una cassetta di legno dello Stock 84.

Anche i soldatini tornarono nella stanza di Simone, riposti in piccole scatole a seconda dei gruppi di appartenenza: indiani con indiani, pirati con pirati e cosí via. Il piccolo pellerossa con il tomahawk sempre alzato riprese la solita vita, fatta di riunioni intorno al totem, battaglie lampo e cacce al bisonte (in realtà, erano mucche, ma Simone aveva solo quelle).

Tutto sembrava tornato come prima, con la sola eccezione che, qualche volta, il guerriero Sioux sognava l'enorme tacchino e si svegliava terrorizzato.

Un giorno però, durante un attacco al forte, una giubba blu, che nei giorni del presepe si era ritrovato accanto, lo salutò con inaspettata cordialità e da quel momento, nel cesto dei giochi, di tanto in tanto, un soldatino mandava un saluto a quelli delle altre scatole, che rispondevano calorosamente, con grida di esultanza e brevi cori affettuosi.

E quando Simone decideva di scatenare la guerra mondiale, che per lui significava tutti contro tutti, indipendentemente dalle nazionalità e dalle epoche storiche cui i piccoli militari appartenevano, era una specie di festa tra vecchi amici, nonostante, per serietà professionale, spade, fucili, frecce e cannoni dovessero entrare scrupolosamente in azione. Alcuni addirittura, tra scariche di artiglieria e assedi interminabili, si davano appuntamento vicino alla capanna per l'anno successivo.

Tuttora, a dispetto di sociologi e decreti governativi, nonostante siano passati molti anni e lui non giochi piú con i soldatini, il presepe di Simone rappresenta il piú ambizioso e ottimistico tentativo d'integrazione razziale mai realizzato nella buia, grandiosa, sconfortante storia dell'Umanità.

Il sacrificio umano

Il pallone veniva giú come un proiettile e i bambini rimanevano lí sotto ad aspettarlo, con i cuori che ricominciavano a battere solo dopo il rimbalzo sull'asfalto.
Se gli amici citofonavano e Claudio non poteva scendere a giocare per via dei compiti, allora gli chiedevano di buttare la palla giú dal balcone, dato che era l'unico della banda ad avere un Super Santos e non un Super Tele, troppo leggero per essere calciato seriamente.
Il suicidio del pallone dal settimo piano, dopo alcuni istanti di muto raccapriccio, culminava inevitabilmente nella frase rivolta dai ragazzi a Emilio, il piú impacciato del gruppo: – 'A Emí, vacce de testa!
C'era chi ogni volta cercava di realizzare il colpaccio che lo avrebbe incastonato per sempre tra le leggende della piazzetta: stoppare il pallone, prima che toccasse terra.
Luciano e Massimetto, i due piú dotati nel calcio, titolari nel Bettini Quadraro (che nel quartiere era come dire il Real Madrid), si piazzavano proprio nel punto in cui pensavano sarebbe atterrata la sfera arancione e col piede destro tentavano di fermarla, prima dell'impatto col vigliacco mondo.
Non ci riuscivano mai e Claudio rientrava in casa a studiare con l'animo piú leggero perché, essendo suo il pallone, gli sembrava che una piccola parte di sé stesse insieme agli altri, a prendere a pallonate le serrande.
Quando i bambini raggiungevano un certo numero, si an-

dava a giocare a pallone in piazza Don Bosco, vicino alla fontana elettorale.

È tutt'oggi un vascone in cemento poggiato su due basamenti di marmo che, con il loro aspetto classico, cercano di nobilitare quell'inspiegabile abbeveratoio.

Suscita tenerezza e imbarazzo, come una ragazza brutta molto truccata. Dalla sua sommità sbucano due timidi rigurgiti d'acqua. L'impressione è che la fontana, piú che zampillare, sputi.

Passando per la piazza non la si nota subito. Anzi: sono tanti gli abitanti della zona che se gliene parli cadono dalle nuvole e confessano di non essersi mai accorti della sua presenza. Come se la fontana, consapevole della sua inadeguatezza, cercasse con un certo successo di mimetizzarsi. Sopra di lei tutto il quartiere ha sempre sentito il bisogno di scrivere qualcosa: messaggi amorosi, poesie, incitazioni sportive, insinuazioni sulla moralità di politici e signorine del luogo.

La scritta «Lello ti amo» ha campeggiato a lungo su uno dei suoi lati.

Ci sono delle cose, nelle periferie delle grandi città, che non cambiano mai e non si preoccupano del passare del tempo: certe costruzioni, certe facce, certi negozi. La fontana di piazza Don Bosco rientra in questa categoria suburbana immutabile, un oggetto che è sempre stato vecchio e non diventerà mai antico.

Qualcuno, molti anni fa, la battezzò «la fontana elettorale», perché solo sotto le elezioni si ricordano di lei: le scritte vengono cancellate, il marmo ripulito, gli zampilli d'acqua leggermente alzati. Vederla in quei giorni dà una sensazione gradevole, di pulizia e d'ordine, sembra quasi la promessa di una vita diversa. L'impressione però dura poco, fino al primo «Forza Roma» che le ricompare addosso.

Arrivati in piazza, dunque, i bambini formavano le due squadre. Se erano in numero pari, tutto procedeva senza intoppi.

Ma se il numero era dispari, la realtà faceva capolino spietata in quel mondo fatto di figurine e giornaletti.

Il sacrificio umano è un rituale cui tutte le civiltà, in un modo o nell'altro, hanno fatto ricorso.

La piccola comunità infantile non faceva eccezione.

Il cerimoniale, di arcaica crudeltà, si chiamava «palla» o «scarto».

I due capitani facevano la conta e si dividevano in ugual numero i giocatori. Il bambino in eccedenza veniva chiamato lo scarto, una definizione che avrebbe demoralizzato anche lo spartano Leonida.

Il capitano che vinceva l'ultima mano di pari o dispari poteva scegliere: o includere nella sua squadra il bambino in più e avere la superiorità numerica sull'avversario, o scegliere la palla e dare il calcio d'inizio.

Se sceglieva la palla, lo scarto diveniva di proprietà dell'altro capitano che, come si trattasse di uno schiavo sumero, poteva utilizzarlo o costringerlo a seguire la partita da bordo campo.

La tragedia del bambino scarto era evidente. In genere si trovavano in due a essere in ballottaggio per l'infamante incarico ed erano entrambi provvisti dei cosiddetti «piedi a banana».

Quando il prescelto per il sacrificio, che fino all'ultimo istante aveva sperato di essere risparmiato, prendeva coscienza della sua condizione, si rassegnava a un ruolo in cui la dignità sembrava lontana più della concessione di un mutuo a un lavoratore precario.

Era un paria del centrocampo e nessuno gli avrebbe passato la sfera. Il suo compito era quello di immolarsi a rincorrere gli avversari e qualora, nell'incredulità generale, avesse recuperato un pallone, doveva passarlo immediatamente a un vero componente della squadra.

Questo sacrificio umano si ripeteva spesso, nelle periferie italiane. Oggi è stato abolito dai giochi elettronici e dal fatto che i bambini non possono più giocare in strada, dove il traffico delle automobili e quello delle paure dei genitori non lasciano loro lo spazio necessario per correre dietro un Super Santos.

Una barbarie è stata definitivamente cancellata, anche se, rispetto ai sacrifici rituali maya o cretesi, va detto a onor del vero che nessuno di questi si è mai concluso con una bevuta collettiva alla fontanella.

L'uomo del giorno

I capelli della vecchia erano radi, distanziati uno dall'altro come pali della luce lungo una statale. Eppure quella creatura anziana e semicalva si ostinava a voler essere considerata una donna e Tony era costretto, due volte al mese, ad affrontare la messa in piega piú difficile della sua carriera.
Ne usciva provato come un direttore d'orchestra da una prima alla Scala, ecco perché aveva voluto affrontare l'anziana cliente in un giorno di chiusura, per non avere altri fronti che potessero distrarlo da quella acconciatura cosí cruenta.
Alla fine la signora si guardò allo specchio – la testina trasformata in un malinconico, biancastro salice piangente – e tornò soddisfatta a casa.
Tony, a causa della sua professione, da molti anni non aveva piú una visione romantica delle donne. Se hai una pescheria non ti emozioni davanti a una testa di pesce spada. E poi, con i capelli bagnati e i rolli anche la donna piú attraente del mondo mostra i suoi punti deboli.
Il parrucchiere ormai capiva con facilità se una cliente voleva essere bella per il marito, per l'amante, per se stessa, per abitudine.
C'erano capelli meravigliosi da maneggiare, altri ripugnanti. Per Tony cambiava poco, aveva maturato nel corso degli anni un certo distacco dall'aspetto edonistico del proprio mestiere: pettinava, asciugava, colorava, il tutto senza coinvolgimenti personali.

Esiste una risposta crinuta alle angosce e alle insoddisfazioni della vita e il parrucchiere lo sapeva bene. Quando le signore lasciavano il suo negozio, portatrici sane di capelli in ordine, con una piega innaturale ma graziosa, un colore artefatto ma piacevole, si sentivano in pace col mondo.

Era domenica e, nonostante ciò, Tony si trovava al negozio per l'unico motivo che potesse infrangere la sacralità di quel giorno: una sposa. Se c'era da pettinare una sposa non esistevano giorni di festa: si trattava di una priorità assoluta, come la sicurezza nazionale per i servizi segreti, la vita dei pazienti per un chirurgo e il copriocchiaie per una soubrette televisiva.

Le campane della chiesa di San Policarpo avevano da poco fatto notare ai parrocchiani che erano in ritardo per la messa di mezzogiorno, quando Claudia entrò. Si trovò di fronte un cinquantenne d'altezza inferiore alla media, con una chioma crespa e agitata e un naso pronunciato sotto due occhi cronicamente preoccupati. In una parola, Tony.

Il parrucchiere, a differenza di quanto gli accadeva abitualmente, guardò la sua cliente come un essere umano di sesso opposto, anomalia che si verificò senza un motivo preciso: non aveva un seno più grande, né fianchi più morbidi delle donne che falsificava quotidianamente, facendole bionde quando erano brune o ricce quando avevano i capelli lisci. Non portava più profumo delle altre, né camminava sfiorando il pavimento.

Claudia aveva trentacinque anni trattabili, in realtà trentasette, era magra, castana, nervosa. Tony pensò che dava l'idea di essere la sposa meno felice che avesse mai visto. Scambiarono poche parole, la cliente sembrava aver portato lí la testa di una conoscente piú che la propria, tanto si mostrava disinteressata all'operato del coiffeur. Alla fine decise per uno chignon ornato da fiori d'arancio.

Tony iniziò a lavarle i capelli, visto che la sua shampista, una ragazzetta amorfa e pallida di nome Nadia, era a letto con la bronchite. Finita l'abluzione cominciò a pettinarla. Claudia non mostrò alcun interesse per quelle riviste scandalistiche che il parrucchiere teneva su un tavolinetto di cristallo allo scopo occulto di catturare l'attenzione delle clienti e impedire che si mettessero a chiacchierare tra loro. «Tony il parrucchiere delle mute» era l'insegna che l'artigiano avrebbe voluto sul suo negozio.

La cliente ottenne di poter fumare, l'uomo di tenere la radio accesa.

In quel fine settimana si svolgevano le elezioni nella piccola nazione di Alpizia, uno staterello di 325 811 anime nel cuore dell'Europa. Tony non era ancora andato a votare, lo avrebbe fatto dopo il lavoro, tornando a casa. La politica era una delle tante cose che non lo appassionavano.

Quella campagna elettorale era stata sicuramente la piú dura che la cittadinanza ricordasse da quando c'era la Repubblica, i due schieramenti proponevano all'elettorato programmi profondamente diversi: la sinistra riteneva che la riforma dello Stato dovesse avvenire sulle note di un famoso cantautore con la barba, la destra affermava l'assoluta necessità di farlo ascoltando un vecchio canto patriottico.

Mentre le asciugava con il phon la capigliatura, Tony sentí il dovere, professionale piú che umano, di dire qualcosa alla donna.

– Sarà emozionata, no? – le chiese tanto per dire.

– Molto, – rispose Claudia con l'evidente intento di chiuderla lí.

Le cose da dirsi erano finite e a nessuno dei due dispiaceva affatto. Del resto, Claudia aveva scelto Tony proprio per questo. Gli altri parrucchieri da cui era stata la costringevano a uno snervante gioco di monosillabi con cui farcire i loro monologhi su balsami e canzonette, mentre lui, il prescelto, se ne stava sempre zitto.

La situazione filava via liscia, con completa soddisfazione di entrambi. Tra poco si sarebbero separati, lei per andare a sposarsi e lui per tornarsene alla propria vita, quando il giornale radio chiese la linea, strappandola alla malinconica rubrica di posta del cuore tenuta da una coppia di attori di mezza età.

La voce impersonale del giornalista avvisò la nazione che si era verificata una singolare circostanza, mai accaduta in precedenza nella vita politica del Paese: a due ore dalla chiusura delle urne, tutti gli aventi diritto si erano recati nei seggi e, grazie al sistema elettorale completamente informatizzato, si conosceva già il risultato. Per una stravaganza del destino, i due schieramenti avevano ottenuto lo stesso, esatto numero di voti. Mancava all'appello un solo elettore, la cui preferenza, a quel punto, diventava determinante per stabilire chi avrebbe vinto le elezioni.

Lo chignon crollò, come una pila di barattoli al supermercato.

– Dio mio... Sono io! – bisbigliò il parrucchiere, spegnendo la radio. – Io non sono ancora andato a votare.

Claudia lo guardò in silenzio. Improvvisamente, il destino di un intero Paese era nelle mani, peraltro occupate dai bigodini, di un singolo cittadino. Il primo impulso di Tony fu quello di fuggire e nascondersi, impresa non facile, considerando che l'Alpizia è grande come il salotto di un miliardario.

– E adesso che faccio? – sussurrò tra sé e sé.

– Finisca il mio chignon, – suggerí Claudia.

Tony riprese a lavorare soprapensiero, le mani che andavano da sole, guidate dall'esperienza e non dal cervello, che in quel momento aveva altro di cui occuparsi.

Quando si accorse che con i capelli della cliente stava costruendo una specie di tempio azteco, si fermò confuso.

– Non credo di essere in grado di preparare la sua acconciatura.

– E io dove lo trovo un altro parrucchiere di domenica pomeriggio?

– Mi dispiace... se potessimo rimandare, magari alla prossima settimana...

– Vuole farmi uno chignon con i fiori d'arancio per andare in ufficio? Io mi sposo oggi.

Tony sentí girare la testa, Claudia istintivamente lo sostenne e si sedette di schianto, con il peso dell'uomo sulle gambe, sopra una delle poltrone professionali in pelle del negozio. L'immagine ricordava la Pietà di Michelangelo con l'aggiunta del casco per l'asciugatura.

– Coraggio, non esageri... andrà a votare e tutto finirà lí.

– Ma non capisce che sarò io, da solo, a decidere da chi sarà governata l'Alpizia nei prossimi cinque anni? Io non la voglio questa responsabilità!

– E allora non vada a votare...

– Cosí, per colpa mia, bisognerà indire nuove elezioni... farò la figura del vigliacco!

– Ma chi vuole che lo sappia! Il voto è segreto, lei può stare tranquillo...

In quel momento arrivarono i giornalisti della carta stampata. Semplicemente, aprirono la porta del negozio ed entrarono. Erano riusciti a sapere in pochi minuti il nome dell'unico alpiziano che ancora non aveva votato; la resistenza opposta dal dirigente dell'Ufficio elettorale era stata identica a quella che un centravanti oppone in area di rigore alla spinta di un difensore.

Cominciarono a rivolgere domande a Tony. Il parrucchiere non rispose, cercò timidamente di convincerli a uscire, ma senza risultati.

Dopo poco arrivarono anche i microfoni e le telecamere della tv e, come il topo ipnotizzato dal serpente, Tony si mise a fissare gli obiettivi senza dire una sola parola.

Allora, inaspettatamente, intervenne Claudia. La piccola donna con i capelli in disordine e una mantellina da parrucchiere sulle spalle si alzò e spinse fuori gli intrusi, con il classico atteggiamento di chi è capace di passare in pochi istanti dalla cortesia al «vammoriammazzato». Chiuse la porta del negozio con la chiave che Tony aveva lasciato nella toppa e tornò a sedersi.

– Cosa devo fare? – si chiese il parrucchiere.

– Lo chignon, – fu la risposta.

– Ma io volevo dire... nella mia situazione... qual è la cosa giusta da fare...

– Vada a votare. Voti per chi preferisce, quello che le sta piú simpatico o che le offre piú denaro. Poi dirà che lo ha fatto perché quel candidato le infondeva tanta, tanta fiducia. Rilascerà interviste e, se vuole un consiglio, se le faccia pagare. Grazie a questa pubblicità, le sue clienti raddoppieranno. Io non verrò piú, naturalmente, ma è irrilevante. Dopo due o tre settimane, nessuno parlerà piú di lei. Potrà ristrutturare il negozio (mi sembra ne abbia bisogno), mettere un lavorante al posto suo e venire alla fine di ogni mese per ritirare gli incassi. Adesso mi faccia questo benedetto chignon.

Tony era confuso, impaurito, ma la presenza di Claudia gli ispirava un'improvvisa tranquillità. Ricominciò a pettinarla.

– Posso chiederle con chi si sposa?
– Con uno. Un collega di lavoro.

A Tony sembrò che non fosse la descrizione giusta per il grande amore della propria vita. Notò anche che il contatto con i capelli della donna era piacevole.

Ogni tanto qualcuno bussava alla porta del negozio, ma dopo un po' i due non ci fecero piú caso.

Claudia si sorprese a fare domande, violando il voto del silenzio che da sempre osservava nei confronti dei parrucchieri.

L'uomo, che considerava la sua esistenza l'argomento piú noioso che si potesse prendere in una chiacchierata, nel rispondere scoprí che, partito come ragazzo di bottega, era riuscito ad aprire un negozio tutto suo, guadagnava abbastanza da poter entrare con serenità in un ristorante di pesce, aveva tre veri amici e una volta era anche stato innamorato.

Claudia lo ascoltò in silenzio e scoprí a sua volta di essere una brava ascoltatrice, capace di capire quanto possa essere unica e commovente una storia comune.

– Sono Carmon. Mi apra per favore.

La voce proveniva da dietro la porta del negozio, bassa e con uno strano tono d'ufficialità. Apparteneva al leader del partito di governo. Tony e Claudia si guardarono, poi l'uomo del giorno andò ad aprire. Carmon entrò, in un'esplosione di flash. La porta si richiuse.

– Caro amico, vorrei dirle subito che non sono qui per cercare di influenzarla in alcun modo. Sarebbe molto grave da parte mia. Sono certo che voterà secondo coscienza. Però forse in un momento come questo, pieno di emozioni e forse... di pressioni... ebbene, in un momento come questo le sarà utile, prima di prendere una decisione cosí delicata, una visione d'insieme di quello che l'attuale governo ha realizzato per il Paese.

Carmon, profumato di sandalo nel suo maglione di cachemire, mise in mano al parrucchiere un piccolo volume pieno di cifre trionfali e di dati inconfutabili.

– So che suo padre votava per noi. Mi scusi se mi permetto di ricordarglielo, ma non è un dettaglio per noi che crediamo cosí fortemente nella famiglia, come sa. Se lei ci aiuterà a continuare il nostro lavoro, lo ricorderemo. Stia sicuro che lo ricorderemo. Certamente tutta la nazione gliene sarà grata. Adesso è meglio che io vada, voglio spiegare ai giornalisti che sono venuto da lei solo per ricordarle l'importanza della partecipazione in un paese democratico. Arrivederci.

Carmon uscí e si trattenne alcuni minuti con la stampa che bivaccava lí davanti.

– Il presidente del Consiglio nel mio negozio di parrucchiere... non lo avrei mai pensato, – disse Tony.

– Soprattutto perché è calvo, – aggiunse Claudia. – Comunque le converrebbe votare per Carmon, a giudicare da quel che ha detto. Il riferimento alla sua grande capacità di ricordare mi è sembrato chiaro...

Tony e Claudia sedettero e accesero due sigarette. Il parrucchiere non aveva voglia di pettinare la cliente piú di quanto lei ne avesse di farsi pettinare.

– Io non mi sono mai occupato di politica. Anche da ragazzo. I miei compagni compravano i giornali di partito per infilarli nelle tasche posteriori dei jeans. Qualcuno addirittura li leggeva. Io niente, non riuscivo a provare interesse. Mi vergognavo pure un po', andavo alle assemblee, m'imponevo di seguire i discorsi che facevano, ma bastava una distrazione minima, il passaggio di una bella ragazza, un viso buffo tra la folla e la mia attenzione partiva... cominciavo a pensare ad altro e il mio impegno politico spariva in un attimo.

– Chandler diceva che la politica è come la polizia: ha bisogno delle persone migliori ma non ha nulla per attirarle. Probabilmente aveva ragione.

Tony sorrise, benché ignorasse completamente chi fosse questo Chandler.
– Io le sto facendo perdere tempo. A che ora si sposa?
– Dovrebbe essere alle diciassette.
– Dovrebbe? Non avete ancora un orario preciso?
– No, no, l'orario è preciso. E sulla precisione del marito che ho qualche dubbio.
– È un ritardatario?
– Voglio dire che non sono tanto convinta che sia precisamente l'uomo giusto per passarci una vita. Ma perché lo sto dicendo a lei?
– Non lo so. Per simpatia?
– Tutto può essere.
– Sono Ander. Puoi aprire cortesemente?
Una voce chioccia, vagamente rauca, filtrò attraverso la porta del negozio. Proveniva dalla striminzita cassa toracica del leader del partito d'opposizione. Stavolta fu Claudia ad andare ad aprire, lasciando passare un uomo macilento, con dei baffi rossicci e una giacca che mostrava piú difetti di una convivenza con la suocera.
– Scusami se mi presento cosí, è una decisione che ho preso d'impulso. Ti rubo due minuti. Come prima cosa, vorrei dirti che io e tutto il Partito siamo felicissimi che una responsabilità cosí grande sia toccata a un lavoratore. È evidente che non voglio condizionarti in nessun modo, certe cose non fanno parte della nostra storia né della nostra logica politica. Vorrei solo che, prima di votare, ti rendessi conto dei danni che l'attuale governo sta facendo al Paese.
Ander, con indosso quella giacca che sembrava di un altro, diede al parrucchiere un piccolo volume pieno di cifre infamanti e di dati inconfutabili.
– So che tuo padre votava per noi. Per lui era una scelta naturale, perché si trattava di un lavoratore. Se ci aiuterai a mandare a casa Carmon e la sua banda, noi non lo dimenticheremo. Tutto il Paese non lo dimenticherà, stanne certo. Adesso vado, voglio spiegare alla stampa che sono venuto qui solo per

controllare che tu non stessi subendo pressioni di nessun genere dalla maggioranza. Ti abbraccio.

Ander uscí, Tony e Claudia lo sentirono rivolgersi ai giornalisti con il tono pacato e vagamente commosso che usava sempre, anche se parlava di infissi in alluminio.

– Da una parte ricordano e dall'altra non dimenticano. Le differenze tra i due schieramenti mi sembrano evidenti.

Passò un'ora, coiffeur e sposa erano ormai a loro agio nel ruolo di assediati e parlavano, parlavano continuamente. Tony tirò fuori dei biscotti al cocco e li mangiarono tutti, mentre la radio ricordava che l'unico elettore mancante all'appello non si era ancora presentato al seggio.

– Per quale motivo lui non sarebbe l'uomo giusto? Il tuo fidanzato, voglio dire...

– Dovrei passarci i prossimi quarant'anni, solo che dopo un'ora, un'ora e mezza che stiamo insieme vorrei con tutte le mie forze che se ne andasse.

– Certo, non è un bel segnale...

– La verità è che io mi sposo per sopraggiunti limiti d'età.

Tony riuscí a fermarsi un attimo prima di precipitare nello strapiombo di un «ma sei giovanissima!»

Risero dell'infanzia di lui, di quando si era chiuso il pollice nella pistola ad aria compressa e della vecchia zia grassa di lei, che preparava la pasta fatta in casa, la stendeva con un'incerata sul letto, poi se ne dimenticava del tutto e ci si sdraiava sopra per il riposino pomeridiano. Parlavano fitto fitto quando la polizia passò a controllare che non ci fossero incidenti ed erano lí che si scambiavano opinioni sul risotto alla pescatora mentre qualcuno infilava dei volantini anarchici sotto la porta del negozio. Chiacchieravano ancora quando il vescovo bussò, offrendo il conforto della fede ed eventualmente il suo consiglio a un uomo che si trovava «in una situazione cosí delicata e opprimente».

– Credi in Dio? – azzardò Tony.

– Nei momenti di necessità, – rispose Claudia.

– Anch'io. Ci ricordiamo di lui solo nei momenti d'emergenza. Sarà per questo che lo raffiguriamo come un triangolo.

Claudia rise e Tony la baciò. Fu un gesto istintivo, impensato, quasi involontario, come se qualcuno lo avesse spinto da dietro. Claudia non si mostrò arrabbiata, l'espressione del suo viso sembrava dire «a questo non avevo pensato».
Per qualche istante smisero di parlare.
– Baci abitualmente le tue clienti? – domandò Claudia.
– Sono mortificato... – farfugliò Tony che, in certe occasioni, difettava in originalità.
– Dopo un bacio si può essere estasiati... o magari disgustati... ma mortificati, francamente...
– Io non ho mai fatto una cosa simile.
– Magari avresti piú clienti, – sorrise la donna. E Tony, che fino a un attimo prima era realmente imbarazzato e dispiaciuto, la baciò di nuovo, piú a lungo.
– Ma allora sei recidivo.
– Dio santo, che faccio?! Adesso sarai offesa e hai ragione. Ti giuro che non volevo.
– Non mi offende che tu mi abbia baciata, ma che dopo averlo fatto dica che non volevi.
– Sono un coglione... Mi sento veramente in colpa...
Claudia lo baciò.
– Cosí 'sta colpa ce la dividiamo. Peserà di meno.
In quel momento, il segretario del piú importante sindacato di Alpizia si affacciò alla porta.
– Ma vada via, per favore! – disse con tono perentorio Claudia e l'uomo, che era lí per tentare di influenzare il voto di Tony, scappò via come un bambino sorpreso dal portinaio a strappare i fiori nell'aiuola condominiale. Erano ormai le sedici.
– È tardi. Dobbiamo sbrigarci, manca un'ora, – disse il parrucchiere.
– Possiamo prendercela comoda. Non mi sposo piú.
– Ma come? Non vorrei che io... con il mio comportamento...
– Non montarti la testa. Tu non c'entri. Sarebbe stato un errore, probabilmente avrei contattato un avvocato divorzista già durante il rinfresco. E poi, con lo chignon che mi hai fatto c'è da vergognarsi a mettersi in fila alla mensa dei poveri.

– Sarà meglio che avverti il tuo fidanzato.
– Dopo un paio d'ore che non mi vede arrivare, capirà. Sapeva che c'era questa possibilità. Se ne farà una ragione. Ho fame. Passiamo al tuo seggio e poi ti offro la cena. Hai deciso cosa fare?
– Sí. Vuoi che te lo dica?
– No. Lo saprò domattina leggendo i giornali.

Uscirono dal negozio e si stupirono che non ci fossero piú i giornalisti, né i pulmini delle televisioni. Camminarono lentamente, nascondendo un discorso d'amore in tutti i discorsi che facevano, dalla difficoltà di trovare parcheggio in quel quartiere ai pericoli del colesterolo. L'aria era diventata piú fresca e cominciava a cambiare profumo, come capita sempre quando una stagione lascia il posto a un'altra.

Sembrarono loro un po' troppe le camionette dell'esercito di fronte al seggio, ma pensarono che fossero lí per vigilare sul corretto svolgimento delle elezioni, come si usa in genere. Quando però videro dei soldati con i fucili in mano che ne spingevano fuori altri dai locali della vecchia scuola, capirono che qualcosa non andava, soprattutto perché tutti i militari in questione indossavano la stessa divisa.

La prima a capire cosa stava accadendo fu Claudia. Il colpo di Stato era stato organizzato dal principe Kartin, un nobile alpiziano che non si poteva definire decaduto per il semplice motivo che non era mai stato in auge. Si era alleato con un generale (Alpizia ne aveva tre) che, alla guida di un reparto del genio pontieri, aveva tentato il golpe, approfittando dell'anomalia del momento politico.

Claudia prese sottobraccio Tony e, prima che si avvicinasse troppo al seggio, lo portò via. Il parrucchiere si nascose per due giorni in casa della donna e, tutto sommato, quella breve parentesi eversiva fu il momento piú felice della sua vita.

Nel giro di quarantotto ore tutto rientrò nella normalità, Kartin venne arrestato, il generale e i suoi uomini, risoluti a costruire ponti piú che a morire, si arresero.

Le elezioni furono annullate e indette per una bella domenica di due mesi dopo. Tony e Claudia andarono a votare insieme, dopo essere stati a pranzo in un piccolo ristorante sul lago, dove finalmente Tony trovò il coraggio di dirle che la trovava bellissima, ma che lo chignon non le donava affatto.

Il paradosso terrestre

Dio creò in cinque giorni il cielo e le stelle, la terra e le acque, le piante e gli esseri viventi che brulicano nelle foreste e in fondo agli oceani.

Il sesto giorno decise di creare a sua immagine e somiglianza la creatura prediletta, quella che piú d'ogni altra avrebbe amato: il cavallo.

Il Creatore voleva che avesse il dominio sull'intero pianeta.

Il cavallo, in effetti, era molto bello, agile nella corsa, incapace di mentire e di uccidere.

– Tua sarà la terra, – disse il Signore, – tu la brucherai e la tua progenie mi onorerà e canterà salmi per celebrarmi.

Tutte le specie animali allora s'inginocchiarono davanti al cavallo per rendergli omaggio e tra queste, una in particolare si prodigò in complimenti e grandi lodi.

Si trattava di due bipedi con pochissimi peli, maschio e femmina, che litigavano spesso tra loro ma solo quando le altre creature non li guardavano. Rivolgendosi all'essere equino cui Dio aveva affidato il mondo, dissero che erano pronti a ossequiarlo e a servirlo ogni giorno della loro esistenza e, se necessario, a portarlo in groppa per facilitarne gli spostamenti.

Nelle fredde sere d'inverno, il cavallo permetteva ai due bipedi glabri di scaldarsi al suo fuoco e dava loro un po' di biada perché si nutrissero, cosa che le povere creature facevano, piene di riconoscenza, anche se in disparte condivano la biada con olio, aceto e sale.

Agli occhi umili dei due bipedi, però, parve che il cavallo fosse divenuto altezzoso e tracotante: per indicare la soluzione di un qualsiasi problema o il raggiungimento di un grande successo, usava infatti espressioni come «siamo a cavallo» o «cavallo di battaglia».

Fecero arrivare questa voce al Signore, adoperandosi tuttavia perché sembrasse messa in giro dal facocero.

Nottetempo, ricorrendo a tutta la pazienza e l'operosità proprie della loro specie, le due rosee creature spostarono con una pala, che ingegnosamente si erano fabbricati, una cospicua quantità di sterco equino in un punto dell'Eden dove l'Altissimo amava soffermarsi a riposare.

Chiesero inoltre all'asino, di cui erano diventati intimi amici dopo avergli confessato che ne ammiravano la sagacia, di mangiare lo splendido roseto degli Arcangeli. Quando gli spiriti alati, alquanto irritati, chiesero chi fosse il colpevole di quello scempio, tutti gli animali tacquero impauriti, tranne i bipedi che, per onestà, dovettero confessare di aver sentito un nitrito e uno scalpiccio di zoccoli.

Lo sguardo del Signore sul cavallo divenne interrogativo e preoccupato.

Gli animali erano disorientati e inquieti, sentivano che qualcosa non andava, correvano e si azzuffavano, temendo l'ira del Creatore.

Solo i bipedi rimanevano tranquilli e s'impegnavano perché la serenità tornasse nel Paradiso Terrestre, pregando Iddio a mani giunte.

L'Altissimo osservò che il cavallo non lo aveva mai fatto e non solo perché non aveva le mani.

Finché i bipedi non poterono piú tacere.

Si recarono dal Signore e gli confidarono di aver sentito il cavallo vantarsi con le altre creature dell'Eden di aver creato la zebra a sua immagine e somiglianza.

Dio chiese alla fauna se era vero quello che le creature con due gambe avevano raccontato.

I bipedi allora chiamarono a testimoniare il cane, il gatto, il pesce rosso e il criceto, tutte specie che nulla avevano a che fare con loro e che, con la massima coscienza e autonomia, confermarono il peccato di superbia del cavallo.

Dal cielo scesero fulmini e scrosci di pioggia, il sole si oscurò e le cime degli alberi si piegarono al vento gelido.

Il Creatore disse al cavallo che, a causa della sua sacrilega protervia, non era piú la creatura prediletta, che lo ricacciava tra gli altri animali, che lo rendeva commestibile e, per di piú, con carni ricche di ferro e prive di colesterolo.

Il cavallo corse via. Temeva talmente che la furia del Signore potesse di nuovo abbattersi su di lui che, da quel giorno e per sempre, dormí in piedi.

Iddio pensò allora di scegliere una nuova creatura prediletta da amare e favorire.

Girò intorno il Suo occhio eterno e vide il formichiere intento a cercare insetti sotto un masso, il pappagallo a volare sui rami piú carichi di frutti, il lupo a inseguire una preda e i bipedi a costruire un immenso tempio per celebrarlo e onorarlo.

Allora l'Altissimo decise.

Chiamò a sé i bipedi, cui diede il nome di Uomo e Donna, e annunciò loro che, da quel momento, li considerava gli esseri preferiti, quelli in cui si era compiaciuto.

I due caddero dalle nuvole. Dopo essersi consultati e non senza qualche titubanza, accettarono di buon grado la preferenza del loro Signore.

L'Uomo e la Donna, perfette creazioni dell'amore divino, donarono di nuovo il sorriso al re dell'Universo.

In seguito, ebbero qualche problema con un serpente e una mela ma, come ebbero modo di spiegare piú volte mentre lavoravano con sudore e partorivano con dolore, si trattò tutto sommato di una questione di poco conto.

Questione di un attimo

Francesco ha sessantadue anni ed è un uomo medievale: quando viaggia in treno, guarda ancora fuori dal finestrino. Intorno a lui, le persone parlano al cellulare o lavorano con i computer portatili. Qualcuno ascolta musica con gli auricolari, a occhi chiusi.
Nessuno sembra interessato al paesaggio. Che fuori si vedano le colline umbre o Godzilla che lotta con tre cacciabombardieri, per i viaggiatori è la stessa cosa.
Il viaggio in treno non rappresenta piú un momento particolare dell'esistenza, non accende grandi aspettative in chi lo affronta.
Troppi aerei e autostrade hanno demolito il fascino del romantico rullio sopra i binari.
E poi, abbiamo visto già tutto in televisione.
Francesco sta tornando da Milano dove è andato a trovare un fratello che vede di rado e con cui, ormai, non sa piú di cosa parlare.
Ripensa con nostalgia a un loro compagno scomparso qualche anno prima, Attilio. Del resto, gli amici d'infanzia esistono appunto per morire prima di noi ed essere rimpianti.
Il rettangolo del finestrino propone i suoi due principali successi: il verde della campagna e l'azzurro striato di bianco del cielo.
La voce del capotreno, attraverso gli altoparlanti, comunica qualcosa di assolutamente incomprensibile.

Se è in atto un attacco terroristico o sta per iniziare un'orgia nel vagone ristorante, i viaggiatori non lo sapranno mai.

Francesco torna a guardare fuori.

È questione di un attimo.

Vede attraverso il vetro una villetta, a cinquanta metri dal binario.

Vicino alla porta d'ingresso, sotto un portico coperto di bouganville, un uomo anziano guarda con espressione compiaciuta i vagoni che corrono via.

Restano impresse nella sua memoria le immagini di quella costruzione e del tale che probabilmente la abita.

La casa è recente, costruita con cura, sembra essere l'obiettivo di un'intera liquidazione: cemento e pietra viva, un tetto sfolgorante, un patio vezzoso, aiuole con fiori di stagione.

Il signore che Francesco ha intravisto dal finestrino aveva un'aria felice, sembrava volesse salutare quel treno e tutti i treni che passano e passeranno, gridando ai viaggiatori: – Buongiorno, buongiorno amici cari, questa è la mia casa, io ci vivo ed è meraviglioso!

Francesco scopre di provare tenerezza e ammirazione per il proprietario di quella villetta costruita in un luogo cosí sbagliato, destinata a fissare per sempre i binari, come un suicida indeciso.

È stata talmente grande la voglia di costruirla e andarci a vivere – «il sogno di tutta una vita», commenterebbe probabilmente lui – che il desiderio ha scavalcato in un attimo il muretto del buon senso e la piccola villa è stata edificata lí, in quel preciso punto, come previsto da anni, anche dopo che il terreno adiacente è stato confiscato per farci passare i binari.

«Quell'uomo, – riflette Francesco, – ha coltivato per mezzo secolo il suo progetto di felicità e l'ha realizzato a ogni costo, caparbiamente».

Il sogno di tutta una vita non può essere distrutto dalla linea Roma-Terontola.

E cosí, il tizio che Francesco ha visto solo per un momento ce l'ha fatta, passassero di lí tutti i treni del mondo, aerei, piroscafi e astronavi, la sua casa è lí, dove aveva immaginato chissà quante volte che fosse.

Ci sono le sue rose, la piccola fontana sempre attiva e forse un'altalena per i nipoti.

Ce l'ha fatta e ha aggiunto una voce al Discorso della Montagna: «Beati coloro che riescono a costruire la propria casa dove hanno sempre desiderato, perché sorrideranno ai treni». Poi, il convoglio entra in galleria.

Scanna il maestro

Federico era il grande scultore, Giovanni il suo allievo.
Federico era conosciuto in tutto il mondo, le sue opere esposte in decine di musei, Giovanni lo aveva osservato e ancora lo osservava per carpire il segreto di quelle mani sulla materia inerte.
Federico realizzava sculture immortali, guerrieri morenti, madri piangenti, allegorie del dolore umano e della gioia, Giovanni si occupava dei dettagli, le piccole figure di contorno, a volte le inferriate che circondavano i lavori del maestro.
Federico aveva ottantasette anni, Giovanni settanta.
Da quasi cinquant'anni l'allievo viveva all'ombra del celebrato artista, aveva poco piú di vent'anni quando, con l'imprudenza dei giovani, si era spinto troppo sotto quell'enorme fascino, da cui si era staccato un frammento che lo aveva schiacciato.
Un maestro, Giovanni ormai lo sapeva, è come una sciabica, se non riesci a staccartene ti ammazza. Cosí, negli anni l'ammirazione aveva lasciato il posto all'attesa e l'attesa a una rassegnazione rancorosa. A una certa età i grandi uomini dovrebbero avere il buon gusto di morire, di lasciare finalmente quel vuoto incolmabile che tutti si aspettano da loro. Giovanni la pensava in questo modo.
L'incantesimo era avvenuto tanti anni prima, una mattina di novembre, quando il maestro, che insegnava all'Istituto d'arte frequentato da Giovanni, si era fermato quasi un minuto a osservare la piccola scultura di quel ragazzo incurvato e taciturno. Gli aveva detto qualcosa su forma e ritmo, prima di allon-

tanarsi in fretta inseguito dagli sguardi affamati degli studenti.

Il giorno dopo, Giovanni entrava nello studio dell'artista: sarebbe stata la prima di migliaia di volte. Da quel momento i due uomini avevano cominciato a costruire l'intima estraneità che da mezzo secolo li univa.

Il ragazzo lavorava in silenzio, faceva quello che il grande scultore gli chiedeva. Pensava che ogni cosa sarebbe accaduta spontaneamente: la sua crescita artistica, l'addio commosso a Federico, la consacrazione, tutto secondo un copione semplice e naturale. Purtroppo però, Dio è uno sceneggiatore inaffidabile.

I mesi e gli anni passavano, Giovanni continuava a praticare la sua scultura «al dettaglio» e il maestro, che non mostrava di volergli insegnare piú di quanto il ragazzo riuscisse a rubare con gli occhi, seguitava a essere rincorso dalla gloria, avvolto dal suo abituale distacco verso l'universo mondo.

Giovanni, nel corso di quei dieci fulminei lustri, era riuscito a organizzare quattro mostre personali, ma la soddisfazione che pure aveva provato non era mai coincisa con una vera dichiarazione d'indipendenza. Era rimasto un talento in incubazione.

Da giovane aveva sempre pensato che la situazione potesse cambiare da un momento all'altro. La vecchiaia era arrivata inattesa, Giovanni aveva avuto trentacinque anni finché un giorno, improvvisamente, ne aveva compiuti settanta.

Adesso non sperava piú nulla, anzi gli sembrava di aver sperato a salve per tutta la vita. Il maestro non aveva mai pensato di favorire la sua carriera; la storia dell'ala protettrice si era rivelata una fregatura. L'istinto di conservazione lo portava a pensare che la colpa fosse di Federico, perché altrimenti avrebbe dovuto prendersela con se stesso, con la propria irresolutezza e spaccare la testa contro il muro.

Si era convinto, d'un tratto, che il tempo cominciasse a stringere, senza rendersi conto che era già scaduto da anni.

La figura del maestro ormai gli appariva insopportabile, un mostro ripugnante con lo scalpello in mano, un vecchiaccio maledetto che non rendeva ancora l'anima a Dio per il semplice motivo che non l'aveva.

Giovanni odiava il modo in cui caracollava per lo studio, traballante per l'età ma ancora determinato a esserci, a farsi applaudire, a segnare il territorio con il piscio del suo genio. Detestava le opere che il maestro aveva realizzato negli ultimi venti anni, di maniera e autoreferenziali, avrebbe voluto trovare la forza di dirglielo.

«Nell'arte non esiste il termine brutto» diceva spesso Federico.

Ora che era passato tanto tempo, che i suoi capelli erano bianchi e radi, che la pelle delle mascelle si era rilassata, che non ce la faceva piú a correre e ad amare una modella un intero pomeriggio, Giovanni avrebbe voluto dirgli che quelle sculture erano «brutte», non incompiute o incoerenti, aggettivi che nel loro ambiente si usavano per esprimere un giudizio negativo sul lavoro di un collega senza apparire banali o livorosi, ma semplicemente, irrevocabilmente, «brutte». Brutte come una ragazza brutta, come una bomboniera di cattivo gusto, come certi modelli della Fiat. Brutte senza possibilità di redenzione, brutte e basta.

Avrebbe voluto dirgli che l'opera che «impreziosiva» (come diceva compiaciuto il sindaco) la piazza di quella cittadina toscana, sembrava un'inguardabile, spaventosa grattugia per il formaggio e che in un Paese civile, invece di lodarla a priori, sarebbero stati capaci di comunicare all'artista che lo apprezzavano per quanto aveva prodotto in passato, ma che quella roba lí se la doveva mettere in salotto, perché faceva cagare. Inoltre, desiderava far sapere al maestro che, a suo parere, d'umanità ne aveva in quantità da dose omeopatica. Purtroppo però, nella vita le cose che non riusciamo a dire sono di gran lunga piú numerose di quelle che tiriamo fuori.

Giovanni aveva soffocato a lungo la sua scontentezza e adesso era una bomba inesplosa, il residuato bellico di un'esistenza difficile che stava per scoppiare. Non essendo riuscito a compiere quei piccoli gesti che, in un periodo ragionevole, portano a una vera emancipazione, l'allievo era deciso a chiudere la partita con un'azione eclatante.

Giovanni voleva uccidere il maestro.

Avrebbe potuto farlo metaforicamente, lasciando lo studio del famoso artista, ma con un revolver si sentiva piú sicuro. Il settantenne non era mai stato un uomo portato alla violenza e, infatti, non considerava brutale l'atto che aveva in mente, piuttosto un riequilibrio della propria situazione, un ritorno alla legalità nelle cose della vita.

Aveva valutato le conseguenze di ciò che stava per fare: in base all'età, gli avrebbero concesso gli arresti domiciliari, per lui che usciva pochissimo non sarebbe cambiato quasi nulla. I giornali avrebbero smesso presto di occuparsi del caso, il processo sarebbe stato molto breve, visto che il colpevole era dispostissimo a confessare e desideroso di cominciare a scontare la pena.

Giovanni pensava di riuscire finalmente a trovar pace, lavorare alle sculture che aveva in mente da anni, accettando un moderato rimorso come compagno di viaggio fino alla fine dei suoi giorni. Sentiva il bisogno di accantonare definitivamente il passato e la grande tomba di famiglia di Federico sembrava l'archivio ideale per farlo.

Cosí, cominciò a salire le scale, estrasse la chiave dalla tasca, la infilò nella serratura e aprí la porta. Entrò nello studio. «Per l'ultima volta», disse tra sé.

Avanzò nella penombra e passò accanto a una figura in pietra arenaria cui Federico si stava dedicando ultimamente.

«Brutta», fu la sua critica, stringata ma inequivocabile.

Si muoveva con sicurezza nel grande studio, conosceva a memoria la distanza tra il muro e il tavolino, tra la lampada e la poltrona, anche se erano spazi che non gli appartenevano, nel cuore come al catasto.

Vide il maestro sul divano arancione vicino alla finestra, metà seduto e metà sdraiato sul fianco, la testa adagiata su un bracciolo. Si accorse subito che era morto. Era morto di suo, pure questa volta aveva voluto fare da solo, non si era fidato dell'allievo neanche per quell'ultimo incarico. Giovanni non ce l'aveva fatta e non avrebbe avuto un'altra occasione.

Si sedette vicino a lui, con le mani nelle mani. Solo in quel momento capí che tutto era finito, non solo la vita di Federico ma anche la sua. Si sentiva come chi avesse perduto lo scontrino per ritirare la valigia al deposito bagagli della stazione.

Fuori, il traffico osservò un minuto di raccoglimento. Poi, il silenzio fu rotto dall'allarme acustico di una spazzatrice stradale.

Il racconto perfetto

Favola raccontata da Federico, bambino di sei anni, mentre facciamo il bagno in mare.

Dentro una casa poverissima poverissima vivevano tre tigri, due grandi e una piccola. Non avevano da mangiare, proprio niente. Allora andarono in una banca, dove dentro c'era un direttore e gli chiesero per favore se poteva dargli dei soldi, anche pochi, per comprare delle cose da mangiare. Il direttore disse no, non poteva dargli dei soldi perché erano troppo povere. Cosí una delle tre tigri disse: «E allora magnamose 'sto stronzo!» E se lo mangiarono.

Finito di raccontare, Federico sorride e si tuffa in acqua.
Non ho parole. Ha creato il racconto perfetto, dentro c'è pathos, tensione e una componente importantissima: il lieto fine. Un piccolo miracolo letterario che solo a quell'età si può concepire.
Poi la vita t'insegna che esistono le ipoteche e i prestiti agevolati e gli stronzi, purtroppo, non se li mangia mai nessuno.

Indice

p. 3	Non volevo offendere nessuno
10	La grande attrazione
16	Amore virtuale
24	Una splendida carriera
29	Crisi di coscienza
30	Per fortuna, non è malato
37	A cura di
42	Sprechi
45	La domenica non vale
50	Un naufragio
56	Furia ovina
65	Noi imbecilli
68	Con l'aiuto di Dio
71	Improvvisamente un albero
74	Testoline ottuse
78	Il sacrificio umano
81	L'uomo del giorno
93	Il paradosso terrestre
96	Questione di un attimo
99	Scanna il maestro
104	Il racconto perfetto

Stampato per conto della Casa editrice Einaudi
presso Mondadori Printing S.p.a., Stabilimento N. S. M., Cles (Trento)
nel mese di marzo 2012

C.L. 21122

Edizione   Anno

1   2   3   4   5   6   7   2012   2013   2014   2015